March. 2009.

川端康成文集 3

古都

川端康成文集3

古都

作者　川端康成
譯者　唐月梅

木馬文化

川端康成文集 3

古都

作　　者　川端康成
譯　　者　唐月梅
系列主編　汪若蘭
責任編輯　莊育旺
行銷企劃　黃怡瑋
封面構成　李淨東
校　　對　許志強
電腦排版　辰皓電腦排版有限公司
出　　版　木馬文化事業有限公司
231 台北縣新店市民權路 105 號 10 樓
電話：02-22181417
傳真：02-22188057
E-mail：ecus@ecus.com.tw
網址：www.ecus.com.tw
總 經 銷　飛鴻國際行銷股份有限公司
231 台北縣新店市中正路 501-9 號 2 樓
電話：(02)82186688
傳真：(02)82186458　82186459
E-mail：fhl67274@ms42.hinet.net
印　　刷　成陽印刷股份有限公司
初　　版　2002 年 2 月
定　　價　180 元

ISBN 957-469-781-9

國家圖書館出版品預行編目資料

古都 / 川端康成作；唐月梅譯. --初版.
-- 臺北縣新店市：木馬文化，2002[民 91]
面；　公分 --（川端康成文集；3）

ISBN 957-469-781-9(平裝)

861.57　　90018681

目錄

總導讀

川端的人與作品（川端文學爲何？）

劉黎兒

川端康成是一八九九年生於大阪，父親榮吉爲醫生，在川端二歲、三歲時父母相繼逝世，孤兒的境遇爲川端文學的出發點，他爲祖父母收養，七歲時進小學，因胃病弱而常缺課，不過成績好，對作文已經展示才能，他與在病床的祖父的生活，以片段記錄方式寫在《十六歲日記》，讀中學的少年眼看死期逼近的自己唯一的親人，雖然有淚、有憤怒等，但是毫無妥協地以當事人以及同時爲旁觀者的身分寫下此一與《伊豆的舞孃》可以相提並論的作品。

川端是在滿十二歲的那年進中學，他在自筆年譜中寫著「小學時曾有立志當畫家的時候，小學高年級起濫讀書籍，志願改變，中學二年起立志當小說家」，當時小說家的地位非常低，川端少年的志願與一般少年的立志實在很不相同，中學時代，他便開始投稿到文藝雜誌以及地方報紙，算是走了文學少年的軌道，但是即使如此，連在升高等學校時，他也以立志當小說家爲前提而決定要報考的學校，大學畢業後雖然在經濟上也有過窮困、懷才不遇的時代，恩師有二次勸他留在大學當老師，但是他決心以文筆維生，二次堅決婉拒，可見其當小說家的心志之堅強。

川端是在一九一八年的十月底首次到伊豆去旅行的，與旅遊藝人邂逅、同行，其間經驗寫了《伊豆的舞孃》等，以後有十年間每年均一定到湯島去；廿一歲第一高等學校畢業，進入東京帝國大學文學部英文系（翌年轉系到國文系）；在東大在學中，他創辦了《新思潮》，爲此去拜訪菊池寬而得其諒解，其後長期受菊池寬的照顧，並參加《文藝春秋》同人聚會；爲了對抗普羅文學雜誌《文藝戰線》，在積極受第一次世界大戰後歐洲前衛文學的影響而以新感覺文學爲志，創辦《文藝時代》，其後川端一生對於提倡文學不遺餘力，他出任也是芥川獎詮橫委員、海軍報導班班員、日本筆會會長，其後到一九六八年得到諾貝爾文學獎，他一直是領時代文學風騷的人。

川端從未成名前起，便一直有勁但是輕快的語言，寫成清澄的詩樣的作品，然後自己從寫作本身得到救贖，從孤兒意識遁逃出來，因而與世間和解；川端的文學除了表現自己獨特的空虛與徒勞的美學以及人生觀之外，其實也不斷在作各種憧憬，不斷藉著跨出日常現實的架構與限制，而對各種被視爲社會禁忌的不同的情色主義進行嘗試與描寫，因此而讓自己的慾望與感覺能到安撫；川端的作品是有非常官能的一面，像《千羽鶴》是男人與父親的情婦交媾，而女人與母親的情夫交媾，以社會日常感覺而言是雙重禁忌，但是因爲官能愈是濃厚，便愈接近死；因爲日常生活中每一個人均背負了不得任意侵犯、觸摸他人的規制，因此內心深層可能有項突破、違反這些限制的魔鬼般的慾望，川端藉著文學表現，很平靜地在心靈內外世界來去自如。

川端作品有許多均與如夢似幻的世界有關，與其說是川端的視野從現實接近夢，將夢幻或是倒映之影等當作實景來認識，其實是川端透過作品的力量，讓這些美得到實現，等於是用文字的力量來證明夢幻實際上是存在的。

日本文學評論家中村眞一郎曾對三島由紀夫說，「我將川端的少女小說一口氣讀了，覺得相當情色，比起川端的純文學，是更爲活生生的情色主義的；世間以爲川端的東西讓小孩子讀很安全，這是很大的錯誤」，三島則認爲眞正的說法應該是「大人不能不讀川端的情色主義」；三島認爲川端的情色主義並非僅是川端本身的官能的發作與暴露，而是對於官能的本體，也就是對於聲明，自己一直未能歸納出理論上的結論，所以靠不斷地接觸、嘗試來接近結論。

川端的作品的確經常讓處女、少女登場，主角對於處女有強烈的憧憬，處女是一種禁忌的存在，所以提升了主角感情狀態的伏特數，一但打破，則亢奮便告消失，作爲禁忌的對象便開始退色；在憧憬與禁忌之間的掙扎以及想像等，便是川端情色的張力；少女、處女在頹廢之美、失衡之美中扮演重要角色；情色不限於處女、少女，川端在《千羽鶴》中對於有三、四百年歷史的古董茶碗指爲「腰身堅挺」等等，誘人做官能的聯想；此外《雪國》中男主角凝視、嗅聞觸摸過女人的食指等，《山之音》、《千羽鶴》中也不迴避床上鏡頭等。

川端文學是有濃厚的妖豔之氣的，和谷崎潤一郎比起來，他不算是正統派的作家，他是嘗試各種主題以及手法的世界性的作家，例如他也是旅情文學的祖師，也是喚醒世人回顧日本傳統以及日本心與形之美的大師。

川端是在得諾貝爾獎四年後的一九七二年四月十六日在逗子海濱的公寓的工作房中用瓦斯自殺的，享年七十二歲，他這一年才剛在《文藝春秋》發表《如夢似幻》，表示自己將重新出征的決心，卻突然自絕，但是如果理解川端永遠是一位孤獨的旅人，或許也不是那麼吃驚的。

導讀

劉黎兒

《古都》當然是指京都，此一中篇小說是川端從一九六一年十月八日起至翌年的一月在朝日新聞連載的；此書的單行本的後序中，川端表示自己在執筆時因爲服用多年的安眠藥中毒很嚴重，因此大部分是在朦朧狀態中寫的，告白這是「我的異常下的產品」，身心都是處於一種高度的危機感，但是事實上作品完全未見有任何衰弱與紊亂，題材本身也並未有什麼異常，反而爲川端小說中比較接近日常現實的一部作品；川端因爲自己不安，不斷加以修正之外，並請京都人將其中的對白修改爲京都腔。

小說是以京都舞台，並以北山杉的窮人家女兒苗子與從棄嬰而讓西陣大和服批發商養大的千金小姐的千重子兩位美麗的雙胞胎姊妹爲主軸，將傾慕她們的秀男以及龍助捲進來，而有著離奇的命運與邂逅。

小說的主角雖然是姊妹花，但是另一方面在讀小說的同時會覺得小說眞正的主角是京都美麗的四季以及京都人的生活；小說中出現的場景有平安神宮的賞花、嵯峨的尼姑庵、植物園的楠樹、葵祭、鞍馬寺的伐竹會、祇園祭的宵山、大文字燒、時代祭、南禪寺、圓山公園的左阿彌、粉雪等，像是在欣賞描繪京都四季的祭典以及一年中各種行事的彩圖般，像是地理、風情小說；當然不僅是看得見的景色，川端還熟練地勾畫出守護著古老傳統的和服批發商、西陣的織屋等等京都人的生活與氣質，以及蘊藏在其深處的熾烈的對於工夫、設計等的熱情。

小說究竟是背後的景物襯托人物呢？還是用人物來凸顯京都景物呢？《古都》給人的感覺是後者，也就是景物爲主的傾向較強，等於是京都的風情詩；像千重子是遭拋棄在弁柄格子窗的古風老鋪的門前，這是明治維新前京都町屋的建築，千重子養父的太吉郎幾乎都未曾加以改變，因此店本身也有百年以上的歷史；；川端所描寫的當時的都會的京都，現在在日本已經像是另一乾坤，像是千重子養鈴蟲的古丹波壺的壺中天地。

《古都》在川端文學中也是極爲日本的、正統的小說，雖然故事是比較稍微通俗的小說，但是其中還是有飄逸著一些妖豔的氣氛，像是雙胞胎姊妹花的關係已經超越了宿命的血親之愛，而與同性戀似的感情相通，此外也還包括有崇拜處女的美學。

戰後川端的出發點是他對源流的傳統的自覺，《古都》中的男人都是從事傳統紡織藝品的人，其前途並不樂觀，不論是描繪圖案、手工織錦等，均有即將消失的預感，此外當時川端寫的一些京都的社寺、名勝的古老祭典或是街景，甚至自然的風物，現在和四十幾年前比起來，有不少已經失去了；但是傳統是有兩種表情的，在人爲的創造上是未知的，但是結果是已知的，此外傳統還有兩種不可解的面孔，便是創造與破壞，完成與未完成，自然與人爲，《古都》的伏流便是傳統的這種難以理解的傳統的形象，像小說一開頭的千重子所著眼的在紅葉枯木上寄生的兩株堇花，便是生命所不可避免的衰退以及生命自己所追求的更新；千重子在古丹波壺中養鈴蟲也是如此，爲了無限地讓生命延長，生命本身會衰滅，爲了更新生命便必然出現犧牲者，或是還有其他的選擇？《古都》的風景渲染出與生命相關的濃厚的犯罪性，同時也織出傳統此一風景，因爲兩者均有衰滅與更新的這種共通的作業。

苗子生活的北山杉的風景也看得出有自然的生命與人爲的苛責相剋的模樣，川端對人造林所完成的風景的美，視爲是人爲對自然的冒瀆的結果，不過在該處，人又搬進了傳統的東西，讓人爲的犯罪性當作一種無可避免的宿命而沈澱，因此傳統絕非自然本身，自然終將毀滅，人不斷冒瀆自然，然後讓原本的生命能永續發展；川端所描繪的風景並非僅是觀光指南，依然瀰漫了川端流的寓意。

千重子也是川端的典型的理想的女人，溫柔體貼、優雅，而且比中宮寺與廣隆寺的彌勒還美，精神純粹，像是天上之人，是超越現實之美；此外，千重子對於與自己無血緣關係的養父的感情令人矚目，在戀父情結下不斷淡淡地迴避與其他男人的關係，排除與男人的性的因素，反而是對同性（女性）較爲親近，但是這些光景充滿了無心與無垢，姊妹花唯一一起過夜的那晚屋外飄著粉雪，象徵著兩人進入一個共同驅逐性愛的世界；《古都》是無結局的愛情故事，如果繼續寫下去將會如何呢？川端自己說「或許是悲戀、悲劇吧！」但是「古都」也會有永遠持續的新的生命的鼓動吧！

春花

千重子發現老楓樹幹上的紫花地丁開了花。

「啊，今年又開花了。」千重子感受到春光的明媚。

在城裡狹窄的院落裡，這棵楓樹可算是大樹了。樹幹比千重子的腰圍還粗。當然，它那粗老的樹皮，長滿青苔的樹幹，怎能比得上千重子嬌嫩的身軀……

楓樹的樹幹在千重子腰間一般高的地方，稍向右傾；在比千重子的頭部還高的地方，向右傾斜得更厲害了。枝椏從傾斜的地方伸展開去，占據了整個庭院。它那長長的枝梢，也許是負荷太重，有點下垂了。

在樹幹彎曲的下方，有兩個小洞，紫花地丁就分別在那兒寄生。並且每到春天就開花。打千重子懂事的時候起，那樹上就有兩株紫花地丁了。

上邊那株和下邊這株相距約莫一尺。妙齡的千重子不免想道：「上邊和下邊的紫花地丁彼此會不會相見，會不會相識呢？」她所想的紫花地丁「相見」和「相識」是什麼意思呢？

紫花地丁每到春天就開花，一般開三朵，最多五朵。儘管如此，每年春天它都要在樹上這個小洞裡抽芽開花。千重子時而在廊道上眺望，時而在樹根旁仰視，不時被樹上那株紫花地丁的「生命」所打動，或者勾起「孤單」的傷感情緒。

「在這種地方寄生，並且活下去……」

來店鋪的客人們雖很欣賞楓樹的奇姿雄態，卻很少有人注意樹上還開著紫花地丁。那長著老樹瘤子的粗幹，直到高處都長滿了青苔，更增添了它的威武和雅緻。而寄生在上面的小小的紫花地丁，自然就不顯眼了。

但是，蝴蝶卻認識它。當千重子發現紫花地丁開花時，在院子裡低低飛舞的成群小白蝴蝶，從楓樹幹飛到了紫花地丁附近。楓樹正抽出微紅的小嫩芽，蝶群在那上面翩翩飄舞，白色點點，襯得實在美極了。兩株紫花地丁的葉子和花朵，都在楓樹樹幹新長的青苔上，投下了隱隱的影子。

這是個浮雲朵朵、風和日麗的一天。

千重子坐在走廊上，望著楓樹幹上的紫花地丁，直到白蝶群飄去。她眞想對花兒悄悄說上一句：「今年也能在這種地方開花，多美麗啊。」

在紫花地丁的下面、楓樹的根旁，豎著一個古色古香的燈籠。記得有一回，千重子的父親告訴她：燈籠腳上雕刻著的立像是基督。

「那不是瑪利亞嗎？」當時千重子問道。「有一個很像北野天神的大象呀。」

「這是基督！」父親乾脆地說。「沒抱嬰兒嘛。」

「哦，眞是的……」千重子點了點頭，接著又問：「我們的祖先裡有基督教徒嗎？」

「沒有。這燈籠大概是造園師或石匠拿來安放在這裡的，不是什麼稀罕的東西。」

這個雕有基督像的燈籠，可能是當年禁止基督教的時候製造的吧。由於石頭的質量粗糙、不堅實、浮雕像又經過幾百年風吹雨打，只有頭部、身體和腳的形狀依稀可辨。可能原來就是一尊簡單的雕像吧。雕像的袖子很長，幾乎拖到衣服的下擺，好像是合著掌，只有胳膊周圍顯得比較粗。形象模糊不清。然而，看上去與佛像或地藏菩薩像完全不同。

這尊基督雕像的燈籠，不知道是從前的信仰象徵呢，還是舊時異國的裝飾，如今只因古老，才被安置在千重子家的庭院那棵老楓樹根旁。每逢客人看到它，父親就說：「這是基督像。」不過，來談生意的客人中，很少有人注意到大楓樹下還有這麼個古老的燈籠。人們縱然注意到了，也會覺得在院子裡擺設一兩個石燈籠是很自然的，不會去理睬它。

千重子把凝望著樹上紫花地丁的目光移到下方，直勾勾地盯著基督像。她雖然沒有念過教會學校，但她喜歡英語，常常進出教堂，也讀讀《聖經》新約和舊約。可是要給這個古老的燈籠獻把花束，或點根蠟燭，她就覺得不合適。因爲燈籠上哪兒也沒有雕上十字架。

基督像上的紫花地丁，倒是令人感到很像瑪利亞的心。千重子又把視線從燈籠移到紫花地丁上——忽然，她想起了飼養在古丹波①壺裡的金鐘兒。

千重子開始飼養金鐘兒，約莫在四五年前，是在她發現老楓樹上寄生的紫花地丁很久以後的事吧。當時她在高中同學的起居室裡，聽見金鐘兒鳴叫不停，便要了幾隻回家飼養。

「在壺裡太可憐啦！」千重子說。可是同學卻回答說：總比養在籠子裡讓它白白死去好。據說有的寺廟養了很多，出賣蟲卵。可見還有不少愛好者呢。

千重子飼養的金鐘兒，現在增加了很多，已經發展到兩個古丹波壺了。每年照例從七月一日左右開始孵出幼蟲，約莫在八月中旬就會鳴叫。

但是，它們是在又窄又暗的壺裡出生、鳴叫、產卵，然後死去。儘管如此，它們還能傳宗接代地生存下去。這比起養在籠中只能活短暫的一代就絕種，不是好得多嗎？這是不折不扣地在壺中度過的一生。可謂壺中別有天地啊！

千重子也知道，從前中國有個故事，叫做「壺中別有天地」。說的是壺中有瓊樓玉宇，到處是美酒和山珍。壺中也就是脫離凡界的另一個世界的仙境。這是許多仙人傳說中的一個故事。

當然，金鐘兒並非厭棄世俗才進壺裡的。縱然在壺裡，恐怕它也不會知道是在其中。並且傳宗接代地生存下去。

最使千重子感到吃驚的是：倘使不經常把別處的雄金鐘兒放進壺裡，而只讓同一個壺裡的金鐘兒自行繁殖，那麼新生的幼蟲就會變得瘦小體弱。那是反覆近親交配的緣故。爲了避免這種情況，金鐘兒愛好者們都有交換雄金鐘兒的習慣。

如今是春天，雖不是金鐘兒鳴叫的秋天，而且在楓樹樹幹的洞裡，今年也開了紫花地丁，千重子之所以想起壺中的金鐘兒，並不是沒有緣由的。

金鐘兒是千重子把它放進壺裡的，可是紫花地丁是怎樣到這個如此狹窄的小天地來的呢？今年紫花地丁開花了，金鐘兒想必會出生、鳴叫的。

「這就是生命的自然規律嗎？」

千重子把春風吹亂了的頭髮，撩在一隻耳朵邊上，面向著紫花地丁和金鐘兒尋思對比。

「那麼，自己呢？……」

在這自然界萬物充滿生機的春日裡，千重子一個人觀賞著這株小小的紫花地丁。

店鋪那邊傳來了準備開午飯的聲響。

千重子要去梳妝打扮，因爲約好去賞花的時間快到了。

原來是昨天水木眞一給千重子來電話，邀她去平安神宮觀賞櫻花。據說眞一的朋友——一個學生，在神宮入口擔任半個月的檢票工作，他告訴眞一：現時櫻花正盛開。

「是我叫他留心觀察的，再沒有比這個消息更確切的啦。」眞一說著，淺淺一笑，笑得那樣迷人。

「他會留意我們嗎？」千重子問。

「他是個看門人，誰都得經過這道關卡才能進去的呀。」眞一又笑了幾聲。「不過，如果你不願意這樣，咱們就分別進行，在院裡的櫻花樹下相會好了。好在那些花，即便是獨自一個人，也是百看不厭的。」

「那麼，你就一個人去看好囉。」

「好是好，不過萬一今晚來一場大雨，花全凋謝了，我可就不管了。」

「我就看落花的景緻唄。」

「被雨打落的花都髒透了，還會有落花的景緻嗎？所謂落花……」

「眞壞呀！」

「誰？……」

千重子挑了一件不太顯眼的和服穿上，出門去了。

平安神宮的「時代節②也是有名的。這座神宮是爲了紀念距今一千多年以前在京都建都的桓武天皇，於明治二十八年（一八九五年）營造的。神殿的歷史不算太長。不過，據說神門和外殿，是仿當年平安京的應天門和太極殿建造的。它右有橘木，左有櫻樹。昭和十三年還把遷都東京之前的孝明天皇的座像一併供奉在這裡。很多人就在此地舉行神前婚禮。

更令人神往的是，裝飾著神苑的一簇簇的紅色垂櫻。如今的確可以稱得上除了這兒的花朵，再沒有什麼可以代表京都之春的了。

千重子一走進神苑入口，一片盛開的紅色垂櫻便映入眼帘，彷彿連心裡也開滿了花似的。「啊！今年又趕上京都之春了。」她讚嘆了一聲，就一直佇立在那兒觀賞。

但是，眞一在哪裡等著呢？或是還沒有來？千重子打算找到了眞一，再去賞花。她從花木叢中走了出來。

眞一躺在這些垂櫻下的草坪上。他雙手交抱著放在後腦勾下面，閉上了眼睛。

千重子沒想到眞一會躺在那兒。實在討厭。既然在等候年輕的姑娘，卻居然這樣躺著。與其說他太不懂禮貌，使自己受到了侮辱，不如說自己討厭眞一那副睡相。在千重子的生活環境裡，她看不慣男人躺倒的姿態。

也許眞一常在大學校園的草坪上與同學曲肱爲枕，仰臉躺著談笑慣了，現在這樣躺著不過是平日的姿態罷了。

再說，眞一身旁有四五個老太婆，她們一邊打開多層方木盒，一邊閒聊天。也許是眞一對這些老太婆感到親切，起先是挨著她們坐，後來才躺下的吧。

這麼一想，千重子不由得要發笑，可自己的臉反倒飛起了一片紅暈。她只是站著，沒把眞一叫醒。而且還想離開眞一……千重子的確從未見過男人的睡姿。

眞一穿著整潔的學生服，頭髮也理得整整齊齊的。闔上睫毛，活像個少年。然而，千重子沒有正面瞅他一眼。

「千重子！」眞一喊了一聲，站了起來。千重子忽然變得不高興了。

「在這種地方睡覺，不難爲情嗎？過路人都瞅著吶。」

「我沒睡者，你一來我就知道。」

「眞壞！」

「我不叫你，你打算怎麼辦？」

「看到我來才裝睡的吧？」

「想到有這樣一個幸福的姑娘走來，我就不由得有點哀傷。頭也有點痛……」

「我？我幸福？……」

「……」

「你頭痛？」

「不，已經好了。」

「臉色不怎麼好嘛。」

「不，已經沒什麼了。」

「眞像一把寶刀呀！」

眞一偶爾也聽別人說過他的臉像一把寶刀，可是從千重子嘴裡聽到這還是頭一次。

眞一被人這麼形容的時候，心裡洋溢著一股激情。

「這把寶刀是不傷人的。何況又是在櫻花樹下呢。」眞一說著，笑了起來。

千重子爬上斜坡，向迴廊的入口處折回去。眞一也離開草坪，跟著走過去。

「眞想把所有的花都看遍呀。」千重子說。

他們一來到西邊迴廊的入口處，映入眼帘的便是紅色垂櫻，馬上使人感覺到春天的景色。這才是眞正的春天！連低垂的細長枝梢上，都成簇成簇地開滿了紅色八重櫻，像這樣的花叢，與其說是花兒開在樹上，不如說是花兒鋪滿了枝頭。

「這一帶的花兒，我最喜歡這種啦。」

千重子說著，把眞一引到迴廊另一個拐彎的地方。那裡有一棵櫻樹，枝椏凌空伸張著。眞一也站在旁邊，望著那棵櫻樹。

「仔細一看，它確實是女性化了呀！」眞一說。「不論是垂下的細枝，還是花兒，都使人感到十分溫柔和豐盈……」

而且八重櫻的紅花彷彿還稍帶點紫寶色。

「我過去從沒想到櫻花竟然會這般女性化。無論是它的色彩、風韻，還是它的嬌媚、潤澤。」眞一又說。

他們兩人離開這棵櫻樹，向池子那邊走去。在馬路邊上，有張折凳，上面鋪著緋紅色氈子。遊客坐在上面品賞談茶。

「千重子！千重子！」有人在喊。

身穿長袖衣服的眞砂子，從坐落在微暗的樹叢中的澄心亭茶室走了下來。

「千重子，我想請你幫個忙。我累了，剛才幫師傅伺候茶席來著！」

「我這身裝束，頂多只能幫忙洗洗茶具。」千重子說。

「沒關係，洗洗茶具也……眞的，來不來嘛。」

「我還有朋友呢……」

眞砂子這才發現眞一，便咬著千重子的耳朵輕聲地問：

「是未婚夫？」

千重子輕輕地搖了搖頭。

「是好朋友？」

千重子還是搖搖頭。

眞一轉過身子，走開了。

「喏，一起進茶室喝喝茶不好嗎？……現在，位正空著呢。」眞砂子勸道。

千重子婉謝了，她追上眞一，說：

「我那位茶道朋友長得標緻吧？」

「當然標緻囉。」

「哎呀，人家會聽見的啊！」

千重子向站在那兒目送他們的眞砂子，行了個注目禮以示告別。

穿過茶室下面的小道，就是水池。池畔的菖蒲葉，悠悠嫩綠，挺拔多姿。睡蓮的葉子，也漂浮在水面上。

這個池子周圍，栽有櫻樹。

千重子和眞一繞過池子，踏上一條昏暗的林蔭小道。嫩葉的清香和濕土的芬芳撲鼻而來。那條林蔭小道很短。眼前展現一座明亮的庭園，這裡的水池比方才的水池還大。池邊的紅色垂櫻倒映在水中，淒美無比。外國遊客把櫻樹攝入了鏡頭。

然而，水池對岸的樹叢中，梫木也靦腆地開著白花。千重子想起奈良來了。那裡有許多松樹，雖未成材，卻也千姿百態。倘使沒有櫻花，那勁松的翠綠倒也能引人入勝。不，就是現在，松木的蓊鬱清翠和池子的悠悠綠水，也能把垂櫻的簇簇紅花，襯得更加鮮豔奪目。

眞一領頭踏上了池子的踏石。這叫做「涉水」。這是一種圓踏石，就像把華表切斷排列起來似的。千重子踏上去，有時還得稍稍撩起和服的下擺。

眞一回過頭來說：

「我背你過去。」

「不妨試試，我佩服你。」

當然，這些踏石連老太婆都走得過去。

踏石邊上也漂浮著睡蓮的葉子。而靠近對岸，踏石周圍的水面，倒映著小松樹的影子。

「這種踏石的排法，也富於幻想吧？」眞一說。

「日本的庭園不都是富於幻想的嗎？這就如同人們對醍醐寺庭園裡的杉蘚總愛嚷嚷什麼富於幻想呀，富於幻想的，反而令人討厭……」

「是嗎？那種杉蘚的確是富於幻想嘛。醍醐寺的五重塔已經修好，正在舉行落成典禮呢。咱們去看看吧。」

「醍醐寺的塔也是模仿新金閣寺建造的嗎？」

「一定是煥然一新了嗎。不過，塔沒被燒掉……是按原來的模樣拆掉重建的。落成典禮正好趕上櫻花盛開時節，一定會招來許多人的。」

「要論賞花，就得數這裡的紅色垂櫻，此外再沒什麼地方可看的了。」

不一會兒，兩人走完了最後幾塊踏石。

走完那排踏石，岸邊松樹林立，轉眼間來到了橋殿。這裡正式名字叫「泰平閣」，這座橋令人聯想到「殿」的樣子。橋兩側有矮靠背折椅，人們坐在這裡憩息，可以越過水池眺望庭園的景色。不，當然應該說這是有水池的庭園。

坐著憩息的人們，有的在喝飲料，有的在吃東西，也有的小孩子在橋正中跑來跑去。

「眞一，眞一，這兒……」千重子首先坐下，用右手按在凳上，給眞一占了一個位子。

「我站著就行。」眞一說，「蹲在你腳下也……」

「這又何必呢。」千重子陡地站起來，讓眞一坐下。「我買鯉魚餌食去，就來。」

千重子折回來，把餌食扔到池子裡，鯉魚便成群簇擁上來，有的還把身子挺出水面。微波一圈套一圈地擴展開來。櫻樹和松樹的倒影也在波面微微搖盪。

千重子說了聲「給你吧！」就把剩下的餌食給了眞一。眞一默不作聲。

「現在還頭痛嗎？」

「不了。」

兩人在那兒坐了好一陣子，眞一定睛凝望著水面。

「在想什麼呢？」千重子問道。

「啊，怎麼說呢。總會有什麼也不想的幸福時刻吧。」

「在櫻花盛開的日子裡……」

「不！在幸福的小姐身邊……這幸福感染了我，青春似火啊！」

「我幸福嗎？……」千重子又再問了一遍，眼光裡忽地露出了憂愁的神色。她低著頭，看上去只不過像是一泓池水映入她的眼簾罷了。

千重子站了起來。

「橋那邊有我喜歡的櫻花。」

「喏，那棵樹從這兒也可以看見。」

那邊的紅色垂櫻美麗極了。這也是有名的櫻樹。它的枝椏下垂，像垂柳一般，並且伸張開去。千重子走到櫻樹蔭下，微風輕輕地吹拂過來，花兒飄落在她的腳邊和肩上。

花朵稀稀疏疏地飄落在櫻花樹下。有的還漂浮在池子的水面上。不過，大概也只有七八瓣的光景……

低垂的枝椏儘管有竹竿支撐著，但有些纖細的花枝枝梢仍然快垂到地面上了。

透過紅色八重櫻紛垂的枝椏間的縫隙，可以望見池子對岸東邊樹叢上方那蒼翠的山巒。

「那是東山的支脈吧？」眞一說。

「那是大文字山。」千重子回答。

「哦，是大文字山嗎？怎麼顯得那麼高？」

「也許是從花叢中看去的緣故吧。」

說這話的千重子，自己也站在花叢中。

兩人都依依不忍離去。

這櫻樹周圍鋪著白粗砂子，砂地右首是一片松林，在這庭園裡可算是挺拔的了，顯得格外的美。然後，他們來到了神苑的出口。

走出應天門，千重子說：

「眞想到清水寺去看看啊。」

「清水寺？」眞一那副神態好像是說這地方多麼一般啊。

「我想從清水寺鳥瞰京城的暮景，想看看日落時的西山天色。」千重子重覆地說了幾遍，眞一只好答應了。

「好，那就去吧。」

「步行去嗎？」

路程很遠。但是他們倆躲開電車道，從南禪寺那邊繞遠路走，穿越知恩院後面，通過圓山公園，踏著幽雅的小路，來到清水寺跟前。這時候，恰好天空披上了一層春天的晚霞。

參觀清水寺舞台的人，只剩下寥寥三四個女學生，都難以看清她們的面部了。

這正是千重子興致勃勃的時候。幽暗的大雄寶殿已經點上了明燈。千重子沒在正殿的舞台上停步，徑直走了過去。經過阿彌陀堂前，一直走到了後院。

後院也有一個面臨懸崖絕壁的「舞台」。這舞台狹窄而小巧。但是，舞台是西向。向著京城，向著西山。

城裡華燈初上，而天邊還殘留著一抹淡淡的霞光。

千重子倚在舞台的波形欄杆上，遠眺西山，彷彿忘卻了陪伴著她的眞一。眞一走到了她的身旁。

「眞一，我是個棄兒哩！」千重子突然冒出了一句。

「棄兒？……」

「嗯，是棄兒。」

眞一迷惑不解，「棄兒」這句話的眞正含意是什麼呢？

「棄兒？」眞一喃喃自語。「千重子，你也會覺得你自己是棄兒嗎？要是千重子是棄兒，我這號人也是棄兒啦，精神上的……也許凡人都是棄兒，因爲出生本身彷彿就是上帝把你遺棄到這個人世間來的嘛。」

眞一直勾勾地望著千重子的側臉，臉上若有若無地染上了霞彩，恐怕這就是春天給人的一點淡淡的憂愁吧。

「所以，人僅僅是上帝的兒子，先遺棄再來拯救……」眞一說。

然而，千重子似乎沒有聽進去，她只顧俯瞰燈光璀璨的京城，沒有回頭瞧眞一一眼。

眞一感到千重子有一種不可名狀的哀愁，他正要把手搭在她肩上，千重子卻躲閃開了。

「請別碰我這個棄兒。」

「我說過，上帝的孩子——人，都是棄兒嘛……」眞一稍稍加強語氣說。

「別說得那麼玄妙啦。我不是上帝的棄兒，而是被生身父母遺棄的孩兒。」

「……」

「是被扔到店鋪橙色格子門前的棄兒吧？」

「瞎說！」

「是眞的。這種事告訴你也無濟於事，不過……」

「……」

「我呀，從清水寺這兒眺望京城蒼茫的暮色，不由得想到：我眞的是在京都出生的嗎？」

「瞧你都說些什麼呀，你的腦筋有點怪哩……」

「這種事幹麼要騙你。」

「你不是批發商寵愛的獨生女嗎？獨生女是富於幻想的。」

「敢情，我是受到寵愛的。現在就是棄兒也不礙事……」

「有什麼證據說你是棄兒？」

「證據？店鋪的橙色格子門就是證據。古老的格子門對我最了解不過了。」千重子的聲音越發迷人了。「記得我剛上中學的時候，媽媽把我找去告訴我：『千重子，你不是我的親生女兒。我們搶到了一個招人喜歡的嬰兒，就一溜煙似地坐車逃跑了。』可是，搶嬰兒的地點，爸媽有時不經心，說法不一致。一個說是在賞夜櫻的祇園裡，一個則說是在鴨川河灘上……他們準以為說我是被扔在店鋪門前的棄兒，太可憐了，所以才編出這一套……」

「噢？那麼，你知道你的生身父母是誰嗎？」

「養父母既然那麼疼愛我，我就不想找生身父母了。他們大概早已成了仇野③附近無人憑弔的遊魂了吧？石碑都已經破舊不堪……」

春天，西山柔和的暮色，幾乎把京都的半邊天染上了一層淡淡的霞光。

眞一不信千重子是個棄兒，更無法相信她是撿來的。千重子的家，坐落在古老的批發商店街，只需在附近一打聽，很快就能了解底細的。可是，眞一眼下壓根兒就不想去調查。他有點迷惑，很想了解千重子爲什麼要在此時此地作這番表白。

然而，邀眞一來淸水寺，難道就是爲了作這番表白？千重子的聲音更加純眞、淸朗。這裡面蘊藏著一股美好而堅強的力量。彷彿不像是對眞一傾訴自己的衷腸。

無疑，千重子隱隱約約覺察到眞一在愛她。她的告白，也許是爲了讓自己愛著的人了解自己的身世。可是眞一卻聽不出來。相反地，使他感到她的話音裡包含著拒絕他的愛。縱然「棄兒」這話出自千重子編造的也罷……

眞一曾在平安神宮再三說千重子很「幸福」，但願她的告白是對這話的抗議，因此他試探說：

「你知道自己是棄兒，感到寂莫嗎？傷心嗎？」

「不，絲毫不寂寞，也不悲傷。」

「……」

「我要求上大學時，我父親說：一個要繼承家業的女孩子家上什麼大學。上了大學，反而礙事。倒不如多關心點買賣。只是在這個時候，我才感到有點……」

「是害怕嗎？」

「是害怕。」

「是對父母絕對服從嗎？」

「嗯，絕對服從。」

「在婚姻問題上也是絕對服從？」

「嗯，現在我是打算絕對服從的。」千重子毫不猶疑地回答了。

「你沒有自己的……自己的感情嗎？」眞一問。

「有，太多了，有點不好辦……」

「你想把它壓抑，把它抹殺？」

「不，不想抹殺。」

「你總是繞著彎說。」眞一微微一笑，聲音卻有些顫抖，他把上身探出波形欄杆，想要偷看一眼千重子的臉。「眞想看看你這謎一般的棄兒的臉啊！」

「已經天黑了。」千重子這才第一次回頭來看眞一。她的眼睛裡閃耀著光芒。

「眞可怕……」千重子把視線落在大雄寶殿的屋頂上。她彷彿感到那用厚扁柏樹皮葺的屋頂，以沉重而陰暗的氣勢逼將過來，有點使人害怕。

①舊地名，即今京都府及兵庫縣的一部分，盛產陶瓷。

②京都平安神宮從一八九五年開始，每年十月二十二日舉行的一次遊神節，以顯示自平安時代至明治維新各個時期的風俗變遷。

③仇野是京都嵯峨愛宕山麓的墓地。

尼姑庵與格子門

千重子的父親佐田太吉郎在三四天以前就躲到座落在嵯峨山中的尼姑庵裡。

雖說是尼姑庵，可是庵主已年過六十五了。在古都，這小小的尼姑庵也自有它的掌故。但庵門掩沒在竹林叢中，看不見了。這庵幾乎與觀光遊覽無緣，顯得冷冷清清的。頂多有間廂房偶爾供舉辦茶道會使用。而且也不是什麼有名的茶室。庵主經常外出教人插花。

佐田太吉郎租了一間尼姑庵的房子，現在他大概對這個尼姑庵的生活也習慣了吧。

佐田的店鋪好歹是中京①的一家綢緞批發店。周圍的店鋪大都改爲股份公司了。佐田的店鋪也跟它們一樣，形式上是家股份公司。太吉郎當然是擔任經理，不過買賣都由掌櫃（如今改爲專務或常務）掌管。但是，現在多少還保留著昔日店鋪的老規矩。

太吉郎打年輕時起就有名士氣質。而且比較孤僻。他完全沒有要舉辦個人染織作品展覽的雄心。就算舉辦了，在那個時候，恐怕也會過於新奇而難以賣得出去。

太吉郎的父親太吉兵衛，生前常常偷偷觀察太吉郎作畫。太吉郎沒有像公司內的圖案專家或公司外的畫家那樣畫些時興的花樣。所以，當太吉兵衛知道太吉郎沒有天才，難以進行，並想借助痲藥的魔力繪出奇怪的友禪畫稿時，他馬上把太吉郎送進了醫院。

到了太吉郎這一代，他家的花樣畫稿就變得平淡無奇了。太吉郎爲此十分悲傷。他爲了想得到一些構圖的靈感，經常獨自躲進嵯峨的尼姑庵裡深居簡出。

戰爭結束之後，和服的花樣也有顯著的變化。他想起當年借助麻藥繪出來的奇怪花樣，拿今天來看，或許乾脆成了標新立異的抽象派了。然而，太吉郎如今也已年過半百了。

「大膽採用古典的格調算了。」太吉郎有時這麼嘀咕著。當年的各種優秀作品，又不斷地浮現在他的眼前。古代的織綿和古代的衣裳花色，也都進入了他的腦海。當然，他經常到京都的名園或山野漫步，作些和服花樣的寫生。

女兒千重子中午時分來了。

「爸爸，你吃森嘉的燙豆腐嗎？我買來了。」

「哦，好極了……吃森嘉豆腐，我固然高興；可千重子來了，我更高興啊！呆到傍晚，好讓爸爸鬆鬆腦筋，構思一幅精彩的圖案好不好……」

綢緞批發店的老板是沒有必要畫畫稿的，這樣做反而會影響買賣。

然而，太吉郎在店裡有時就在設置基督像燈籠的中院、靠近客廳那頭的窗邊，擺上一張桌子，一坐就大半天。在桌子後面的兩個古色古香的桐木衣櫥裡，裝著中國和日本的古代織綿。衣櫥旁邊的書箱，則放滿各地的織綿圖案。

後面的倉庫樓上，原封不動地保存著相當多的能樂戲裝和貴婦禮服等。還有不少南洋各地的印花絲綢。

此外，也有太吉郎的父輩或祖輩收集保存下來的東西，可是每當舉辦織錦展覽，希望他提供展品時，他總是非常冷淡地加以謝絕說：「遵照祖先的遺志，敝舍所藏，概不外借。」

拒絕得非常生硬。

他們住的，是京都的老房子，要上廁所就得經過太吉郎桌旁的那條狹窄的走廊。每當有人走過，他就皺起眉頭；店鋪那邊一有點喧囂，他就粗聲大氣地說：不能安靜點嗎？！

掌櫃雙手扶地向他報告說：「大阪來客人啦。」

「買不買算得了什麼，批發商有的是！」

「可是，他是咱們的老主顧……」

「綢緞是用眼睛來選購的，光憑嘴巴買貨，不正說明沒有眼力嗎？商人嘛，看一眼就識貨了，儘管我們的廉價貨多。」

「是。」

太吉郎的桌旁放著坐墊，坐墊底下鋪著帶有異國典故的地毯。在太吉郎四周還掛著用南洋名貴印花絲綢做的帷幔。這是千重子出的主意，帷幔對減輕來自店鋪的嘈雜聲多少有點作用。千重子經常更換這些帷幔。每次更換，父親都感激千重子的體貼，並把這些絲綢的掌故告訴她，諸如這是爪哇的產品，那是伊朗或這是什麼年代，那是什麼圖案等等。這種詳細的解說，千重子也有些地方聽不懂。

「做袋子太可惜，剪開用作茶道的小綢巾又嫌太大，要是做腰帶，大概可以做幾條吧。」千重子有一回把帷幔環視了一圈，這麼說道。

「拿剪刀來……」太吉郎說。

父親接過剪刀，就手把帷幔剪開，眞不愧是名師巧手。

「用這個做你的腰帶不錯吧？」

千重子大吃一驚，眼睛濕潤了。

「爸爸，不行吧？」

「沒關係，沒關係，你繫上這種印花腰帶，說不定我還會想出更好的圖案來呢。」

千重子去嵯峨尼姑庵，繫的就是這條腰帶。

太吉郎當然一眼就看見女兒繫著的印花腰帶，可他沒有正面去看它。心想：拿印花花色來說，既大方又華麗，而且色彩濃淡有致。可是，讓年輕貌美的女兒繫這種腰帶合適嗎？

千重子把半圓形盒飯放在父親身旁。

「爸爸，這就用餐嗎？請稍等一會兒，我去準備燙豆腐。」

「……」

千重子站起來就勢回頭望了望門前的竹林子。

「已經是秋竹蕭瑟的時分了。」父親說。

「土牆倒塌的倒塌，傾斜的傾斜，大部分都剝落了，就像我這副模樣啊。」

父親這些話，千重子已經聽慣了，也就沒去安慰他。只是重覆父親的話：「秋竹蕭瑟的時分……」

「你來的路上，櫻花怎麼樣？」父親輕聲地問道。

「凋謝的花瓣漂浮在池子上。山中翠綠叢中，有一兩棵沒有凋謝，從稍遠的地方望去，反而別有一番風味啊。」

「嗯。」

千重子進廚房去了。太吉郎聽見切蔥、刮鰹魚的聲音。千重子準備好了吃樽源豆腐用的餐具，然後端了出來。——這些餐具都是從自己家裡帶來的。

千重子很勤快地侍候著她的父親。

「你也一塊兒吃點好嗎？」父親說。

「嗯……」千重子回答。

父親從女兒的肩膀到胸口上下打量了一下，說：

「太樸素了。你淨穿我構圖的衣裳啊。恐怕只有你一個人願意穿這些，因爲這都是賣不出去的啊……」

「我喜歡它才穿的，挺好嘛。」

「嗯，只是太樸素了。」

「樸素是樸素，不過……」

「年輕姑娘穿得太樸素了，總是不太好。」父親突然嚴肅地說。

「可是，有眼光的人都在誇獎我呢……」

父親沉默不語。

太吉郎畫畫稿，如今已成爲一種愛好或者消遣。現在他的店鋪已經成了大衆化的批發店掌櫃爲照顧主人的面子，只勉強接受兩三件太吉郎的畫稿拿去印染。千重子從中挑選了一件，自己總穿著它。布料的質地是經過一番挑選的。

「不用總穿我構圖的衣裳嘛。」太吉郎說，「更不用淨穿自己店裡的料子……我不需要這份情義。」

「情義？」千重子十分愕然，「我並不是為了照顧情義才穿的呀！」

「千重子要是穿得再花俏些，早就可以找到意中人啦。」難得一笑的父親，朗聲笑了起來。

千重子侍候父親吃燙豆腐，父親那張大桌子自然而然地映入她的眼帘。沒有一點跡象是準備畫京都染色織物的圖稿。

在桌子一個角落裡，只放了江戶泥金畫的硯台盒和兩帖高野斷片②的複製品（不如說是字帖）。

千重子心想：父親之所以到尼姑庵來，是為了要忘卻店裡的生意嗎？

「六十歲人的書法呀。」太吉郎羞怯地說。「不過，藤原的假名字體那流暢的線條，對於構圖不無幫助啊。」

「……」

「遺憾的是，我寫起字來手就發抖。」

「寫大一點呢。」

「是寫得很大的呀，可是……」

「硯台盒上那串舊念珠呢？」

「噢，那個嗎，是向庵主硬要來的。」

「爸爸掛著它禱告嗎？」

「用現在的話說，它算是個吉祥物吧。有時我眞恨不得把它咬碎。」

「噯，多髒呀！那上面有長年數珠的手垢呀！」

「怎麼會髒呢，那是兩三代尼姑信仰的體現嘛。」

千重子彷彿覺得觸動了父親的傷心事，不由得默默地低下頭來，她拾掇好吃燙豆腐用的餐具，端到廚房去；從廚房裡走出來又問：「庵主呢？……」

「大概快回來了。你這就走嗎？」

「我想到嵯峨走走再回去。這會兒嵐山遊客正多，我喜歡野野宮、二尊院的路，還有仇野。」

「年紀輕輕的，就喜歡那種地方，前途令人擔憂啊。別像我才好。」

「女的怎麼能像男的呢？」

父親站在廊子上目送千重子。

不大工夫，老尼姑就回來了，馬上開始打掃庭院。

太吉郎端坐在桌前，腦子裡浮現出宗達③和光琳畫的蕨菜，以及春天的花草畫。心裡思念著剛剛離去的女兒。

千重子一走到有人家的路上，便看見父親隱居的尼姑庵，已完全掩沒在竹林子裡。

千重子本來打算去參謁仇野的念佛寺，才登上那古老的石階，一直來到左邊山崖有兩尊石佛附近的地方，可是聽見上面嘈雜的人聲，便止住了腳步。

這裡林立著好幾百座舊石塔，被稱做什麼「無緣佛」。近來偶爾也有些圖片攝影會讓一些女子穿著薄得出奇的衣裳，站在小石塔叢中照像。今天大概也是這樣吧。

千重子打石佛前走過，下了石階。腦子裡又想起了父親的話。

不論是想回避春遊嵐山的遊客，還是想去仇野和野野宮，這些都不應是一個年輕姑娘所想的。這比穿父親所畫的樸素圖案的衣裳還要……

「父親在那座尼姑庵裡好像什麼也沒幹啊。」一縷淡淡的寂寞情緒滲進了千重子的心田裡。她尋思：「要咬那被手摸髒弄舊了的念珠，那又是一種什麼心情和思緒呢。」

千重子了解，父親在店鋪裡竭力抑制住自己激動的情緒，像要咬碎念珠似的。

「還不如咬自己的手指頭好呢……」千重子自言自語地搖了搖頭。接著又回想起和母親兩人到念佛寺去敲鐘的事來。

這座鐘樓是新建的。小巧的母親即使敲鐘，也敲得不怎麼響。

「瞧！同敲慣鐘的和尚的敲法也不一樣啊。」千重子笑盈盈地說。

千重子一邊回想這些往事，一邊漫步在通往野野宮的小路上。這條小路有塊不太舊的路牌，上面寫著「通往竹林深處」幾個字。原來比較幽暗的地方，如今明亮多了。門前的小賣店也揚起吆喝聲。

然而，這小小的神社如今依然如故。在《源氏物語》中亦有所提及。據說這裡是神社的遺址，當年侍奉伊勢神宮的齋宮（內親王）曾在這裡閒居三年，修身養性，戒齋沐浴。它以帶有原樹皮的黑木建造的牌坊和小籬牆而聞名。

打野野宮前面跨上了原野道路，景色立即開闊起來，那就是嵐山。

千重子在渡月橋前岸邊的松樹林蔭處，乘上了公共汽車。

「回家以後，關於爸爸的情況該怎麼說好呢……也許媽媽早就知道了……」

中京的商家在明治維新④前曾遭到「炮轟」、「火燒」的浩劫，毀了不少房子。太吉郎的店鋪也難以倖免。

因此，這一帶的鋪子儘管保留著紅格子門和二樓小格子窗這樣一些古色古香的京都風格，但實際上還不到百年歷史。——據說，太吉郎店鋪後面的倉庫，倖免於這場戰火的洗劫……

太吉郎的店鋪之所以沒趕時髦，幾乎保留原來的樣子而未加改裝，固然是由於主人的性格，另一方面，恐怕也是因爲批發生意不那麼興隆的緣故吧。

千重子回來，打開了格子門，一直望到屋子緊裡頭。

和往常一樣，母親阿繁正坐在父親的桌前抽煙。左手托著腮幫，曲著身子，好像在讀或寫什麼的樣子。然而，桌面上卻什麼也沒有。

「我回來了。」千重子說著走到母親身旁。

「啊，你回來了。辛苦啦。」母親甦醒過來似地說，「你爹在幹什麼呢？」

「是啊……」千重子沒想好怎樣回答，便說，「我買豆腐去了。」

「是森嘉的嗎？你爹一定很高興吧。做了燙豆腐？……」

千重子點點頭。

「嵐山怎麼樣？」母親問。

「遊客很多……」

「沒叫你爹陪你到嵐山嗎？」

「沒有，因爲庵主沒在家……」接著，千重子又回答說：「爸爸好像在練毛筆字吶。」

「是練毛筆字呀。」母親沒有感到意外的樣子，「練字嘛，可以養養神。我也有這個經驗。」

千重子仔細觀察母親那白皙而端莊的臉，卻沒有看出她的內心活動。

「千重子，」母親平靜地說，「千重子，你，將來不一定非要繼承這個店鋪不可……」

「……」

「如果你想結婚，也可以嘛。」

「……」

「你聽清楚了嗎？」

「幹麼要說這種話呢？」

「用一句話是說不清楚的。不過，媽也五十了。媽是經過考慮才說的。」

「那倒不如不做這個買賣……」千重子那雙美麗的眼睛濕潤了。

「瞧，你扯得太遠了……」母親微微地笑了。

「千重子，你說咱家倒不如不做買賣，是眞心話嗎？」

母親的聲音並不高昂，但態度突然嚴肅起來。剛才千重子還看見母親微笑，難道是看錯了嗎？

「是真心話。」千重子答道。一股難以名狀的痛楚湧上了心頭。

「我沒生氣。你不必露出那樣的神色。你應該明白，年輕人能說會道，老年人懶得說話，究竟誰淒涼啊？」

「媽媽，請你原諒我。」

「有什麼可原諒不原諒的……」

這回母親倒是真的笑了。

「媽媽現在說的，同剛才跟你談的，好像風馬牛不相及呀……」

「我也恍恍惚惚，不知自己都說了些什麼。」

「一個人──女人也罷，對自己所說的話，最好要堅持到底，不要改變。」

「媽媽！」

「在嵯峨，你對你爹是不是也這樣說了？」

「不，我對爸爸什麼也沒說……」

「是嗎？你不妨也對你爹說說看嘛……男人聽了可能會生氣，不過，心裡一定會很高興的。」母親用手按著額頭，又說：「我坐在你爹的桌前，就想你爹的事。」

「媽媽，您全都知道了吧？」

「知道什麼？」

母女兩人沉默了好一陣子。最後還是千重子忍耐不住，開口說了：「我到織錦市場去看看有什麼菜，好準備晚飯。」

「好，那你就去吧。」

千重子站起來向店鋪那邊走去，然後下到土間來。這個土間是狹長形狀，直通內宅。在店鋪對面的牆邊上，有一排黑色爐灶，廚房就在那兒。

如今連這些爐灶都不用了。在爐灶的後面，裝上煤氣爐子，並鋪上了地板。倘使像原來那樣，下面是灰泥，通風，這在京都的寒冬臘月，是吃不消的。

但是，爐灶沒有拆掉（大部分人家都保留著），也許是普通信奉灶神——灶王爺的緣故吧。各家在爐灶後面都供著鎮火的神符。而且還排著布袋神⑤。布袋神共有七尊，每年初午⑥人們都到伏見⑦的稻荷神社請一尊回來供上，以後逐尊買來添上。如果在這期間家裡死了人，就又從第一尊開始，再逐尊請來。

千重子店鋪裡的灶神，七尊都請齊了。因爲只有父母和女兒三口人，在最近十年八年裡又都沒有死人。

在這排灶神的旁邊，供著一個花瓶。三天兩頭，母親就給換水，還小心謹愼地揩拭它的座架。

千重子挎著菜籃子出門，看見一個青年男子和她只差一步擦肩走進格子門。

「大概是銀行的人吧。」

對方似乎沒有注意到千重子。

千重子覺得那是常來的年輕職員，也就不那麼擔心了。但是她的腳步卻變得沉重起來。她走近店前的格子門，用手指輕輕地觸摸那一根根的格子，沿著門邊走了過去。

千重子沿著店鋪的格子門走到盡頭，又掉轉身抬頭看了看店鋪。

在二樓小格子窗前的一塊古老的招牌，映入了她的眼帘。招牌上面，有個小小的屋頂。這像是老鋪子的標誌。也像是一種裝飾。

春天和煦的斜陽柔和地照在招牌的舊金字上，反而給人一種寂寞的感覺。店鋪那幅厚布門帘，也已經褪色發白，露出了粗縫線來。

「唉，平安神宮的紅色垂櫻正競相吐妍，我的心卻如此寂寞。」千重子暗自想道。於是，她加快了腳步。

同往常一樣，織錦市場上人聲雜沓，熙來攘往。

她折回父親的店鋪附近時，遇見了白川女。千重子向她招呼說：

「順便上我家來坐坐吧。」

「嗯，好吧。小姐，你回來了？趕巧在這兒……」那姑娘說。「你上哪兒去了？」

「上市場去了。」

「眞能幹啊！」

「是供神的花？……」

「噢，每次都得到你……請看，這你喜歡嗎？」

說是花，其實是楊桐。說是楊桐，其實是嫩葉。

每逢初一十五，白川女就把花送來。

「今天遇上小姐，太好了。」白川女說。

千重子也挑選一枝掛滿嫩葉的小樹枝，心情特別激動，她手拿楊桐，走進家裡，揚起了快活的聲音：

「媽媽，我回來了。」

千重子又把格子門拉開一半，看了看街上。她看見賣花姑娘白川女還在那兒，就呼喚道：

「進來歇歇，喝杯茶吧。」

「嗯，謝謝。你總是那麼體貼人……」姑娘點點頭，然後舉著一束野花，走進了土間。

「這是平凡無奇的野花，不過……」

「謝謝。我喜歡野花，你倒記住啦……」千重子一邊說一邊欣賞著山野的花兒。

一進門，灶前有一口老井。上面蓋著一個用竹子編成的蓋子。千重子把花和楊桐放在竹蓋子上。

「我去拿剪子來。哦，對了，楊桐的嫩葉得洗洗吧……」

「這兒有剪子。」白川女故意弄響剪子，一邊說：「府上的灶神總是乾乾淨淨的，我們賣花的看了也眞感激啊。」

「是我媽收拾的……」

「我還以爲是小姐……」

「……」

「近來在許多家裡庭，灶神也罷，花瓶、井口也罷，都落滿了灰塵，髒著吶。因此賣花人看了，越發覺得可憐。可是到府上來，我就放心，我眞高興啊。」

「……」

眼看關鍵的買賣日益蕭條，千重子又不能把這種情況告訴白川女。

母親依然在父親的桌前。

千重子把母親請到廚房，讓她看了從市場上買來的東西。母親看到女兒從籃子裡拿出來擺好的東西，暗自想到：這孩子也會節省了。也可能是因爲父親到嵯峨尼姑庵去了，不在家……

「我也來幫忙。」母親站在廚房裡說，「剛才那個人，就是常見的那個賣花姑娘吧。」

「嗯。」

「你送給你爹那本畫册是不是放在嵯峨的尼姑庵裡了呢？」母親問。

「那個，沒見著……」

「記得他把你送給他的書全帶走的呀。」

「那本畫册收入了保羅・克利⑧、亨利・馬蒂斯⑨、馬克・夏卡爾⑩等人的畫，以及現代抽象派的畫。千重子心想，這些畫說不定能喚起新的感覺，所以爲父親買了下來。

「咱們家本來就不需要你爹畫什麼畫稿嘛。只要鑒別別人染好送來的東西，能賣出去就行。可是，你爹總是……」母親說。

「可是話又說回來，千重子，你淨愛穿你爹設計的和服，媽媽也該感謝你啊。」母親繼續說。

「幹麼要謝我……我喜歡它才穿的。」

「你爹看見自己的女兒穿這身和服，不會覺得太素淨嗎？」

「媽媽，雖然有點樸素，但細看的話，還是很別緻的嘛。還有人誇獎呢。」

千重子想起了今天也跟父親說過同樣的話。

「有時候，漂亮的姑娘穿素淨些，反而更合適。不過……」母親一邊打開鍋蓋，用筷子夾了夾鍋裡的東西，一邊說：「你爹爲什麼就不能畫些鮮豔、時興的圖案呢？」

「……」

「你爹從前也曾畫過相當鮮豔、相當新穎的圖案哩……」

千重子點了點頭，卻問道：

「媽，您爲什麼不穿爸爸設計的和服呢？」

「媽媽已經老了呀……」

「您總說老了、老了的，究竟有多大年紀呢？」

「總歸是老了呀……」母親只是這樣回答。

「聽說那位叫什麼國寶先生——小宮先生的，他畫的江戶小花紋，年輕人穿起來反而耀眼奪目。從身旁走過的人，都要回頭瞧上一眼呢。」

「怎麼能拿你爹同小宮先生這樣的大人物比呢？」

「爸爸要從精神境界……」

「你又講深奧的道理啦。」母親動了動她那張京都型的白皙的臉，「不過，千重子，你爹說過，等你舉行婚禮，他要給你設計一件花色鮮豔的華麗和服……媽媽也早就期待著這一天……」

「我的婚禮？……」

千重子面帶愁容，久久都不言聲。

「媽媽，您前半生最令您神魂顛倒的是什麼呢？」

「我以前告訴過你了吧。那就是我同你爹結婚，以及你還是個可愛的嬰兒，我同你爹把你抱走的時候。就是我們把你搶來，坐車逃跑的時候啊！雖然已經過去二十年了，如今回想起來，心裡還是撲通撲通地跳呢。千重子，你按按媽媽的胸口試試看。」

「媽媽，我是個棄兒吧？」

「不是的，不是的。」母親使勁地搖了搖頭。

「一個人在一生當中，也許要做一兩件可怕的壞事吧。」母親繼續說。「搶走別人的嬰兒，恐怕比強盜搶錢財，搶其他什麼的都罪孽深吧，也許比殺人還要壞！」

「……」

「你父母幾乎都急瘋了吧。一想到這些，我恨不得現在就把你送回去，可是已經還不了啦。如果你要求尋找親生父母，那可就沒法子了。不過……果真那樣，我這個做母親的，也許會傷心死了。」

「媽！您再別說這種話啦……千重子只有您一個母親，我從小到大一直都是這樣想的……」

「我很了解。正因爲這樣，我們的罪孽就更深……你爹和我都做好思想準備：死後下地獄。可是，只要今天有個好閨女，下地獄又算得了什麼呢。」

千重子瞧了瞧操著激烈口吻說話的母親，只見淚珠順著她的臉頰滾落下來。千重子的眼眶也噙滿淚水，她問道：

「媽媽，請你如實告訴我，千重子眞的是個棄兒嗎？」

「不是嘛，說不是就不是……」母親又搖了搖頭，「千重子，你爲什麼想到自己是個棄兒呢？」

「因爲我不相信爸媽會去偷別人的嬰兒。」

「方才我不是說過了嗎，一個人在一生當中也許要做一兩件令人神魂顚倒的、可怕的壞事！」

「那麼，你們是在什麼地方撿到千重子的呢？」

「賞夜櫻的祇園唄。」母親口若懸河地說了起來，「我以前好像也說過，在櫻花樹下的椅子上，躺著一個非常可愛的嬰兒，她看到我們，就綻開花一般的笑臉，使人不得不把她抱起來。一旦抱起來，就放不下手，眞叫人喜歡。我貼著她的臉，望著你爹。他說：阿繁，把這個孩兒偷走吧。我問：什麼？他又說：阿繁，快跑，快逃跑呀！後來我們就拼命地跑。記得好像是在芽棒平野屋附近倉忙跳上車的……」

「……」

「嬰兒的母親臨時不知走到哪兒去，我就趁機抱走了。」

母親的話，有時不太合邏輯。

「命運……打那以後，千重子就成了我家的孩子，已經過去二十年了。究竟對你是好是壞呢？就算好吧，我心裡也是感到內疚，常常暗自祈求你原諒。你爹大概也是這樣吧。」

「我一直認爲爸爸媽媽對我太好，太好啦！」

千重子說著雙手捂住了眼睛。

不管是撿來還是搶來，千重子報戶口是佐田家的長女。

父母第一次坦白告訴千重子她不是親生女兒時，千重子完全沒有那種感覺。千重子剛上中學的時候，甚至懷疑過：是不是自己做了什麼令父母不滿意的事，父母才這樣說的。是父母擔心會從鄰居傳到千重子的耳朵裡才先坦白出來的呢，還是父母相信千重子對他們自己的愛是深厚的，或是多少考慮到千重子已經到了明辨事理的年齡呢？

千重子確實感到震驚。然而，並不太傷心。縱然已到了思春期，但她對這件事並不怎麼苦惱。她並沒有改變對太吉郎和阿繁的親和愛，也沒有把這件事放在心上，更沒有必要去排除什麼隔閡。這也許就是千重子的性格。

但是，如果他們不是生身父母，那麼生身父母該是在什麼地方呢？說不定還會有同胞兄弟姐妹？

「我倒不是想見他們……」千重子思忖，「他們的日子一定過得比這裡艱苦吧。」

然而，對千重子來說，這件事也是撲朔迷離的，倒是在這格子門後面的店鋪裡深居簡出的父母，他們的憂愁滲透了她的心。

千重子在廚房裡用手捂住眼睛，就是爲了這個。

千重子的母親阿繁用手抓住女兒的肩膀，搖了搖說：

「過去的事就讓它過去吧，別提啦！人世間很難說沒有失落的珍珠。」

「珍珠，了不起的珍珠。如果它是一顆能給媽媽鑲上戒指的珍珠就好了……」千重子說著，麻利地幹起活來。

晚飯後拾掇完畢，母親和千重子到後面樓上去了。

二樓前面有小格子窗，天花板很低矮，是間讓學徒工睡覺的簡陋的房子。從中院邊上的走廊可以直通到後面二樓。從店鋪裡也可以登上去。通常二樓是用作招待主要顧客或留客住宿的。如今接待一般顧客洽談生，也都在對著中院的客廳裡。雖說是客廳，其實是從店鋪直接連到後面的過廳，過廳兩側放著堆滿和服綢緞的櫥架。房間又長又寬，攤開衣料供顧客挑選也比較方便。這裡常年都鋪著藤席。

後面二樓的天花板很高。有兩間六鋪席寬的房子，是父母和千重子的起居室和寢室。千重子坐在鏡前，鬆開髮束。頭髮長長的，梳理得很美。

「媽媽！」千重子呼喚在隔扇那邊的母親。這聲音充滿無限的遐思。

---

①京都分上、中、下三大區，中京即京都中區。

②高野斷片，即收藏在日本高野山金剛峰寺的《古今集》書寫斷片。

③宗達，江户初期的畫家。
④明治維新，指一六八六年的資產階級民主革命。
⑤布袋神係七福神之一，貌似彌勒佛。
⑥初午，即每年二月首次的午日，是稻荷神社的廟會。
⑦伏見，京都南部的一個區。
⑧保羅・克利（Paul Klee，一八七九～一九四〇），瑞士抽象派畫家。
⑨亨利・馬蒂斯（Henry Matisse，一八六九～一九五四），法國印象派畫家。
⑩馬克・夏卡爾（Marc Chagall，一八八七～一九八五），法國畫家，超現實主義先驅。

和服街

京都作爲大城市，得數它的綠葉最美。

修學院離宮、御所的松林，古寺那寬廣庭園裡的樹木自不消說，在市內木屋町和高瀨川畔、五條和護城河邊的垂柳，都吸引著遊客。是眞正的垂柳。翠綠的枝椏幾乎垂到地面，婀娜輕盈。還有那北山的赤松，綿亙不絕，細柔柔地形成一個圓形，也給人以同樣的美的享受。特別是時令正値春天，可以看到東山嫩葉的悠悠綠韻。晴天還可以遠眺叡山新葉漫空蘢翠。

樹木之清新，大概是由於城市幽雅和清掃乾淨的緣故吧。在祇園一帶，走進僻靜的小胡同裡，雖有成排昏暗而陳舊的小房子，但路面卻並不髒。

在和服店林立的西陣①一帶也是這樣，雖擠滿了看上去挺寒磣的小鋪子，而路面卻比較乾淨。即使有小格子，上面也不積灰塵。植物園等地也是如此，沒有亂扔的紙屑。

原先美軍在植物園裡蓋了營房，日本人當然被禁止入內。現在軍隊撤走了，這裡又恢復了本來的面目。

西陣的大友宗助很喜歡植物園的林蔭道。那就是樟木林蔭道。樟木並非大樹，道路也不長，可是他常到這兒散步。在樟木抽芽的時節也……

「那些樟樹，不知現在怎麼樣了？」他有時會在織機聲中念叨。不至於被占領軍伐倒吧。

宗助一直等待著植物園的重新開放。

宗助散步，習慣從植物園出來，沿著鴨川岸邊再登高一點。這樣可以眺望北山的景色。他一般都是獨自漫步。

雖說是去植物園和鴨川，但宗助頂多呆一個小時左右。不過，他卻十分留戀這樣的散步。至今記憶猶新。

「佐田先生來電話了。」妻子喊道。「好像是從嵯峨打來的。」

「佐田先生？從嵯峨打來？……」宗助一邊說一邊向帳房走去。

織布商宗助比批發商佐田太吉郎小四五歲，他們之間撇開買賣不說，確是志趣相投。年輕時還算是「老哥兒們」。但是近來多少有些疏遠了。

「我是大友。久違了……」宗助接過電話說。

「哦，大友先生。」太吉郎的聲調異常高昂。

「聽說你到嵯峨去了？」宗助問。

「我悄悄躲進靜盪盪的嵯峨尼姑庵裡吶。」

「這就奇怪了。」宗助故意鄭重其事地說，「不過在尼姑庵也有形形色色……」

「不，有名副其實的尼姑庵……庵主上了年紀，由她一個人主持……」

「那更好嘛。只有庵主一個人，你就可以和年輕姑娘……」

「胡扯！」太吉郎笑了，「今天我有點事求你幫忙。」

「好嘛，好嘛。」

「我這就上府上去，行嗎？」

「歡迎，歡迎。」宗助有點納悶，「我這兒工作離不開，在電話裡你也能聽到織機聲吧？」

「那是織機聲啊？實在令人懷念啊。」

「敢情。要是織機聲停了，我又不能躲在尼姑庵裡，可怎麼辦呢？」

不到半個小時，佐田太吉郎就坐車到達宗助的店鋪。他神采飛揚，馬上打開包袱，攤開畫稿說：

「我想拜託你織這個……」

「哦？」宗助瞧了瞧太吉郎的臉，「是織腰帶嗎？對佐田先生來說，這是非常新穎、非常華麗的圖案啊。噢，是藏在尼姑庵那個人的？……」

「又來了……」太吉郎笑了起來，「是我女兒的。」

「嘿，織出來了，非把令嫒嚇一大跳不可。再說，這樣華麗的腰帶，她會繫嗎？」

「其實是千重子送了兩三冊克利的厚畫集給我。」

「克利？克利是什麼人？」

「據說是個抽象派先驅畫家。他的畫，線條柔和，格調高雅，富有詩意，很能引起日本老人的共鳴啊。我在尼姑庵裡反覆欣賞了好久，然後畫出這個圖案來。這與日本古典畫的斷片全然不同，別具一格啊。」

「這倒也是。」

「究竟會成個什麼樣子，我想請你先織出來看看再說。」

太吉郎那股子興奮勁兒還沒有平靜下來。

宗助把太吉郎的畫稿端詳了好一陣子。

「嘿，眞好。色彩調配也……很好。這對佐田先生來說，是過去沒有畫過的，非常時新。不過畫面顯得有點素淨，怕很難織好呀。就讓我用心織織試試看。一定會把女兒的孝心和雙親的慈愛表現出來的。」

「謝謝。……近來有的人一張嘴就是什麼觀念啦感受的，往後恐怕連顏色都想流行洋派的囉。」

「那種東西大概不會太高雅。」

「我這個人最討厭帶洋名的玩意兒。日本不是自昔日的王朝就有無比優雅的彩色嗎！」

「對，拿黑色來說吧，就有各種各樣。」宗助點了點頭，「儘管如此，今天我也在想：腰帶商人中也有像伊津倉先生那樣的人……他那裡蓋了一棟四層樓的洋房，搞現代工業。西陣大概也要那樣發展，一天能產五百條腰帶，不久的將來職工還要參加經營。他們的平均年齡，據說都在二十歲上下。像我們這種手織機的家庭手工業，也許用不了二三十年就會全部被淘汰哩。」

「胡說！……」

「就算保全下來，充其量成爲國寶罷了。」

「……」

「像佐田先生這樣的人，還曉得克利什麼的……」

「你是說保羅・克利嗎？這條腰帶的花樣和色彩，都是他隱居在尼姑庵裡，經過十天半月的冥思苦想，才設計出來的。你看還算運用自如吧！」太吉郎說。

「相當純熟，很有日本的風雅。」宗助連忙說：「不愧是出自佐田先生之手啊。就讓我來給你織一條漂亮的腰帶吧。我要設計個好款式，精心搞一搞。對了，論手藝，秀男比我好，還是讓秀男來織吧。他是我的長子，你是知道的吧。」

「噢。」

「秀男織得比我精緻……」宗助說。

「總之，全拜託你了，請織好一點就是囉。雖然我是個批發商，不過我經售的貨物多半是銷到地方上去。」

「瞧您說的。」

「這條腰帶不是夏季用而是秋季用的，請你快點織……」

「嗯，知道了。用什麼和服料子配這條腰帶呢？」

「我只顧考慮腰帶了……」

「你是批發商，可以從許多和服料子中挑最好的……這個好辦。看樣子你已經在給令嬡辦嫁妝了嘛？」

「不，不！」太吉郎像是說自己的事似的，臉頰馬上泛起了一片紅潮。

據說西陣的手織機是很難連傳三代的。這就是說，因爲手織機是屬於工藝一類，即使父輩是優秀的織匠，從某種意義上說，就是有高超技術的人，也不見得能傳給兒子。兒子不能因爲父親的技術高超，自己就可以偷懶；有時即使勤奮學習，還不一定能學到手。

但是，也有這種情況：孩子到了四五歲，就讓他學纏絲。到了十一二歲，開始練習操作機子。然後就可以承攬外租機的活計。因此有許多孩子可以幫助家庭繁榮家業。另外，六七十歲的老太婆也可以在自己家裡幫忙纏絲。所以也有的人家是祖母和孫女倆對坐幹活的。

大友宗助家裡，只有老伴一人幫忙撓腰帶絲。長年累月悶頭坐著幹活，看上去她要比實際年齡蒼老得多，人也變得沉默寡言。

大友宗助有三個兒子。他們每人操一台織機織腰帶。有三台織機，家境當然算好的了，一般人家只有一台，還有的人家是租用別人的機子。

正如宗助所說，長子秀男的手藝超過了父輩，在紡織廠和批發商中間是小有名氣的。

「秀男，秀男。」宗助呼喊。秀男似乎沒有聽見。這裡又不是擺著好多機械織機，而是只有三台手織機，且又是木製的，噪音是不會太大的。宗助覺得自己的呼喊聲已經夠大的了。許是秀男的織機安放在靠近院子緊裡頭，他織的又是難度最大的雙層腰帶，全神貫注在上面，連父親的叫喊聲也沒有聽見吧。

「老婆子，把秀男叫來好嗎？」宗助對妻子說。

「嗯。」妻子撣了撣膝蓋，下到了土間。在向秀男的織機那邊走去的時候，她握著拳頭不住地捶著腰節骨。

秀男停下操作梭子的手，望了望這邊，但他沒有立即站起來。也許是太累了，但他知道有客人，又不好意思伸懶腰。他擦了一把臉，就走了過來。

「這地方太簡陋了，歡迎歡迎。」秀男簡慢地向太吉郎寒暄了一句，彷彿被工作纏著分不開身似的。」

「佐田先生畫好了一幅腰帶圖案，想讓咱們家來織。」父親說。

「是嗎？」秀男還是帶著無精打采的口吻。

「這是一條很重要的腰帶，你來織比我織更好。」

「是令嬡的腰帶嗎？」秀男這才將他那白皙的臉朝向佐田望了望。

作爲京都人，宗助看見兒子這副簡慢的表情，連忙打圓場說：

「秀男從一早就開始幹活，怕是累了……」

「……」秀男沒有作聲。

「不賣力氣是搞不好工作的……」太吉郎倒反過來安慰他。

「織雙層腰帶即使乏味，也要硬著頭皮去織啊。請您原諒。」秀男說著歪了歪脖子。

「好！一個織匠不這樣就不成！」太吉郎連連點頭。

「即使是沒意思的東西，但還是可以看出我的手藝，這就更使我難堪了。」秀男說罷，低下了頭。

「秀男，」父親改變了語氣，「佐田先生的大作可就不同啊！這是佐田先生在嵯峨尼姑庵隱居時畫出來的畫稿，是非賣品。」

「是嗎？噢，是在嵯峨的尼姑庵……」

「你也看看吧。」

「嗯。」

太吉郎被秀男的氣勢所壓倒，剛才進大友家時那股威風幾乎全沒了。

他把畫稿攤開放在秀男面前。

「……」

「你不討厭吧？」太吉郎懦怯地說。

「……」秀男不吭聲，直勾勾地凝望著。

「不行吧？」

「……」秀男執拗地一聲不言。

「秀男！」宗助忍無可忍，「快答話呀！這樣多不禮貌啊！」

「嗯。」秀男還是沒有抬臉，「我也是個手藝人，難得讓我來看看佐田先生的圖案，我覺得這可不是一件一般的活計。是千重子小姐的腰帶啊！」

「對呀。」父親點了點頭，可又納悶，覺得秀男的態度有點異常。

「不行嗎？」太吉郎再叮問了一句，聲音也放粗了。

「很好。」秀男穩重地說，「我沒說不行呀！」

「你嘴上不說，心裡卻……你的眼睛告訴了我。」

「是嗎？」

「你說什麼……」太吉郎站起來搧了秀男一記耳光。秀男沒有躲閃。

「您儘管打吧。我連做夢也沒認爲佐田先生的圖案不好呀！」

許是挨了打的緣故吧，秀男的臉反而顯得更有生氣了。秀男挨了耳光，連摸也不摸一下他那被搧紅了的半邊臉，還向太吉郎表示道歉：

「佐田先生，請您原諒。」

「……」

「您生氣了？不過，這條帶子還是讓我來織吧。」

「好吧。我本來就是來拜託你們的嘛。」

於是，太吉郎極力使自己的情緒平靜下來，說：

「請您原諒。我都這把年紀了，還這樣子，實在抱歉。打人的手很痛啊……」

「若是借我的手去打就好了。手藝人的手，皮厚。」

兩人都笑了。

然而，太吉郎內心那股子抵觸情緒卻還沒有完全消失。

「我已經想不起來多少年沒打過人了。——這回多蒙你原諒。不過，秀男，我還想問問你，當你看到我的腰帶圖案時，爲什麼表情顯得那樣古怪。你能不能跟我直言呢？」

「嗯。」秀男又沉下臉來，「我還年輕，加上又是個手藝人，不是那麼識貨。您不是說這是隱居嵯峨尼姑庵裡畫出來的嗎？」

「是啊，今天還要回庵去呢。對了，還要呆半個月左右……」

「算了。」秀男加強語氣，「您回家不好嗎？」

「在家裡安不下心來啊。」

「這條腰帶花樣畫得那樣花俏，那樣鮮艷，我為它的無比新穎而感到吃驚。我心想：佐田先生怎麼會畫出這樣美的圖案來呢。因此全神貫注地欣賞……」

「……」

「畫面雖然新穎、有趣，可是同溫暖的心卻不大協調，不知為什麼，彷彿給人一種荒涼的病態的感覺。」

太吉郎臉色蒼白，嘴唇顫抖，說不出話來了。

「無論在怎樣冷清的尼姑庵裡，佐田先生也不至於被狐狸精纏身吧……」

「唔。」太吉郎把那幅圖案拉近自己膝旁，看得出神。

「對……你說得好。年紀輕輕的，卻很有見地啊。謝謝……讓我再好好考慮，重畫一幅。」太吉郎說著趕忙把畫稿捲起來揣在懷裡。

「不，這樣就很好。織出來感覺就不同了，水彩和染絲的顏色也……」

「是，我和媽媽一起去。請您在仁和寺前面的茶館等我們。好的，盡量快點……」

千重子放下電話，望著母親笑了。

「是邀我們去賞花嘛，可媽媽您也真是的。」

「幹麼連我也叫去呢？」

「因為御寶的櫻花現在正盛開……」

千重子催促半推半就的母親走出店鋪。母親還有點莫名其妙的樣子。

以城裡的櫻花來說，御寶的的明櫻和八重櫻是屬於晚開的，也許是京都的櫻花依依不捨離去吧。

一進仁和寺的山門，只見左手的櫻花林（或稱櫻花園）開滿一簇簇櫻花，把枝頭都壓彎了。

然而，太吉郎卻說：「哦，這可不得了。」

原來，在櫻林路上擺著成排的大折凳，人們喝呀唱的，吵吵嚷嚷，弄得亂糟糟的。還有些鄉下老太婆興高采烈地跳著舞，也有的醉漢打起震耳的鼾聲，從折凳上滾落下來。

「這成什麼體統！」太吉郎有點掃興，就地站住了。他們三人終於沒有走進花叢。其實，御寶的櫻花，他們老早以前就很熟悉了。

在深處的樹叢中，燃燒著賞花客扔下的垃圾，白煙在繚繞上升。

「咱們找個清靜的地方遛遛吧，繁。」太吉郎說。

他們剛要往回走，只見櫻花林對面、高松樹下的折凳旁邊，有六七個朝鮮婦女身穿朝鮮服裝，敲著朝鮮大鼓，跳起了朝鮮舞。這邊的情景遠比那邊的要幽雅得多。透過松林的綠葉縫間，也可以窺見山櫻的花。

千重子停下腳步，欣賞了一會兒朝鮮舞蹈。

「爸爸，還是找個清靜的地方好啊。植物園怎麼樣？」

「是啊，那邊可能會好一點。御寶的櫻花只要看上一眼，也就算領略到春天的大自然景色啦。」太吉郎說著走出山門，乘上了汽車。

植物園從今年四月起重新開放。開往植物園的新闢電車，從京都車站頻頻開出。

「植物園也擁擠的話，咱們就到加茂川岸邊走走吧。」太吉郎對阿繁說。

汽車在滿目嫩葉的市街奔馳。古色古香的房子，看上去要比新建的樓房更襯托出嫩葉的勃勃生機。

植物園打門前的林蔭道起，就顯得寬廣而明亮。左邊就是加茂川的堤岸。

阿繁把門票掖在腰帶裡。開闊的景緻使她的心情豁然開朗。在批發商店街看見的山，也僅僅是其中一角。何況阿繁很少出店鋪走到馬路上來呢。

走進植物園，只見正面噴泉四周開滿了鬱金香。

「這種景色已經失去了京都的情調，難怪美國人要在這兒蓋住宅了。」阿繁說。

「喏，最裡頭就是。」太吉郎答道。

來到噴泉附近，春風輕輕吹拂過來，四處飛濺起小小的水沫。噴泉的左邊，修建了一間相當大的鋼筋玻璃圓屋頂溫室。他們三人沒有進去，只是隔著玻璃觀賞各種熱帶植物。因爲他們散步的時間很短。路的右邊，挺拔的雪杉正在抽芽。下層的枝椏貼近地面伸展開去。它雖是針葉樹，但那新芽卻悠悠的翠綠，一般來說是不會使人聯想到「針」字的。它和唐松不同，不是落葉松。假使是落葉松，是不是也有令人著迷的嫩芽呢？

「我與大友先生的公子說了一通哩。」太吉郎沒頭沒腦地說。「不過，他的手藝比他父親棒，目光也很敏銳，能夠看透人家的心思。」

太吉郎喃喃自語，阿繁和千重子當然不會十分明白他說的什麼。

「您看見秀男先生了吧？」千重子問。

「聽說他是個紡織能手哩。」阿繁只說了這麼一句。因爲太吉郎向來討厭人家刨根問底。

從噴泉右邊往前走到盡頭，向左拐就是兒童遊戲場。頻頻傳來了孩子們的嬉戲喧鬧聲。草坪上還堆放著許多小玩意兒。

太吉郎他們三人從樹蔭下向右拐，出乎意料地下到了鬱金香園。滿園怒放著鬱金香，美得幾乎使千重子叫喊起來。有紅的、黃的、白的，還有黑茶花般的深紫色，而且都很大，在各自的園地裡爭艷鬥麗。

「嗯，就用鬱金香來作新和服的圖案吧。只是還嫌俗氣點，不過……」太吉郎也嘆了一口氣。

如果把抽滿嫩芽的雪杉的下層枝椏比作孔雀開屏，那麼，又該把這裡花團錦簇、競相怒放的鬱金香比作什麼呢？太吉郎邊想邊繼續觀賞著。彷彿空氣也染上了絢爛的色彩，直滲到人們的心間。

阿繁同丈夫保持一定的距離，緊挨著女兒身邊。千重子心裡覺得好笑，臉上卻沒有表露出來。

「媽，白鬱金香園前面那堆人，好像是在相親哩。」千重子向母親竊竊耳語。

「噢，可能是吧。」

「咱們去看看吧，媽。」

母親被女兒拽著袖子走。

鬱金香園的前面的噴池，池中有鯉魚。

太吉郎從椅子上站起身來，走近去看鬱金香的花。他彎下身子，幾乎彎到花叢中，飽覽了一番。然後折回母女跟前，說：

「西方的花再嬌艷，也會看膩的。爸爸還是覺得竹林好。」

阿繁和千重子也站了起來。

鬱金香園是塊窪地，四周有樹叢圍著。

「千重子，植物園是西式庭園嗎？」父親問女兒。

「這不太清楚。不過，好像有點西方的味道。」千重子回答說。「爲了媽媽，咱們再多呆一會兒好嗎？」

太吉郎無可奈何，又在花叢中走起來。

「佐田先生……沒錯，是佐田先生。」有人喊道。

「啊，是大友先生。秀男一道來了嗎？」太吉郎說，「沒想到會在這兒……」

「可不，我也沒想到……」宗助說著，深深鞠了一躬。

「我很喜歡這裡的樟樹林蔭道，一直等待植物園的重新開放。這些樟樹都有五六十年了。我們是信步走過來的。」宗助又抱歉說：「前些日子，我孩子太不懂禮貌了……」

「年輕人嘛，沒什麼。」

「你是從嵯峨來的？」

「唔，我是從嵯峨來的，阿繁和千重子從家裡……」

宗助走到阿繁和千重子跟前，向她們寒暄了一番。

「秀男，你看這鬱金香怎麼樣？」太吉郎多少帶點嚴肅的口吻說。、

「花是活的。」秀男又再次愣頭愣腦地說了一句。

「活的？不錯，的確是活的。不過，花太多，都已經有點看膩了……」太吉郎說罷，把臉扭向一邊。

花是活的。它的生命雖然短暫，但活得絢麗奪目。來年再含苞、開花——就像大自然一樣充滿生機……

太吉郎彷彿又挨了秀男一悶棍似的。

「只怪自己目光短淺呀。我雖然不喜歡用鬱金香做和服和腰帶的圖案，但是出自名家的手，即使是鬱金香圖案，也會有長久的生命。」太吉郎的臉依然扭向一邊，「就以古代書寫斷片來說也一樣，再沒有比這古都的更古老了。這麼美的東西，卻沒人願意去畫，只是臨摹。」

「……」

「就拿樹來說吧，也沒有什麼古樹比這京都的更古老的了，不是嗎？」

「我的話沒有那麼深奧，我每天嗄噠嗄噠地操作織機，沒想過這麼高深的問題。」秀男說著低下了頭。「不過，比如說吧，令嫒千重子小姐要是站在中宮寺或者廣隆寺的彌勒佛爺前面，她不知要比佛爺美多少倍呢！」

「這話你說給千重子聽，讓她也高興高興吧。不過，這比喻太不敢當了……秀男，我女兒會很快變成老太婆的。會很快的。」太吉郎說。

「是嗎。我說過鬱金香是活的。」秀男加重語氣說，「它開花時間雖然短暫，但它整個生命的火花卻是燦爛的。現在正是開花時節。」

「那是啊。」太吉郎轉過身來，面對著秀男。

「我並沒有想請您讓我織一條能繫到孫輩的腰帶。我現在……只是希望您能讓我織一條哪怕繫一年，但繫起來能稱心、舒服的就好。」

「風格高啊！」太吉郎點了點頭。

「沒法子。和龍村先生他們不同。」

「……」

「我所以說鬱金香是活的，就是出於這種心情。現在鬱金香就是怒放，也難免會有兩三片花瓣凋謝。」

「是啊。」

「就說落花吧，櫻花紛紛揚揚地飄落，自有一番風趣，但不知鬱金香怎樣？」

「花瓣也會四下飄落吧……」太吉郎說，「只是鬱金香的花太多了，我有點厭煩。色彩過分鮮艷，反而令人感到索然無味……也許是我上年紀啦。」

「走吧。」秀男催促著太吉郎，「以往拿來我家的腰帶，鬱金香漏花紙板都不是活的。今天真是飽享眼福了。」

太吉郎一行五人，從低窪的鬱金香園拾級而上。石階旁邊，與其說是圍上樹籬笆，不如說是霧島杜鵑花團簇錦，活像一道長堤。現在不是杜鵑花期，但它那小嫩葉子的悠悠綠韻，把盛開的鬱金香襯托得更加嬌艷。

登了上去，只見右邊一片寬闊的牡丹園和芍藥園。這些園圃也都還沒有開花。而且，大概是新闢的吧，他們對這些園圃都不太熟悉。

然而，東面可以望見比叡山。

從植物園的每一個角落，幾乎都可以望及叡山、東山和北山。但是芍藥園東面的比叡山，好像就在正面。

「也許是由於霧靄濃重，比叡山看起來顯得特別低矮。」宗助對太吉郎說。

「有了春霞才顯得優美……」太吉郎眺望了一會兒，又說，「不過，大友先生，看了那春霞，你不覺得春天已經漸漸遠去了嗎？」

「是嗎？」

「看到那濃霧，反而……春天也即將逝去。」

「是啊。」宗助又說：「眞快啊，我都還沒好好去賞賞花吶。」

「也沒什麼新奇的。」

兩人默默地走了一會兒。

「大友先生，咱們打你喜歡的那條樟樹林蔭道走回去吧。」太吉郎說。

「太好了，謝謝。我要是能走走那條林蔭道，也就心滿意足了。我們來時也是走那條路的，不過……」宗助說罷，回頭問千重子：「你願意跟我們一起走嗎？」

路旁的樟樹，枝幹左右盤纏。枝梢上的新葉，還是一片嬌嫩而略呈紅色。雖然沒有風兒，但有的枝梢卻輕輕地搖曳著。

他們五人慢步走著，幾乎一句話也沒說。在林蔭下，各人都湧起不同的思緒。

太吉郎的腦子裡縈繞著秀男的話。秀男曾說千重子美極了，還把她比作京都最風雅的佛像。難道秀男已被千重子迷到這種程度了嗎？

「可是……」

假如千重子和秀男結婚，她能在大友紡織廠裡占據什麼位子呢？要像秀男的母親那樣起早摸黑地撓絲嗎？

太吉郎回過頭來，看見千重子只顧同秀男說話，不時地點頭。

太吉郎心想：即使「結婚」，千重子也不一定嫁到大友家去，可以把秀男招來當佐田家的養老女婿嘛。

千重子是獨生女。如果把她嫁出去，母親阿繁該不知有多傷心啊！

當然，秀男也是大友的長子。他父親宗助曾說過：秀男的手藝比自己棒。不過，宗助還有老二、老三嘛。

此外，佐田家的「丸太」商號，雖說生意已日漸慘淡，甚至連店內的陳舊設備也無力更新。但它畢竟是中京的批發商，不同於只擁有三台手織機的紡織作坊。一個雇工都沒有，光靠家庭手工，生活也可想而知了。這從秀男的母親淺子那副表情，以及廚房的簡陋設備，就看得出來。即使秀男是長子，但同他們商量商量，說不定會同意讓秀男當千重子的入贅女婿呢。

「秀男這孩子很穩重。」太吉郎試探宗助說，「雖年輕，但為人可靠啊。眞是……」

「噢，謝謝。」宗助若無其事地說，「他幹起活來，倒是蠻賣力氣的。不過，在人前儘出紕漏，魯莽……叫人不放心啊。」

「那好嘛。我打那次以後，一直挨秀男訓……」太吉郎反而高興地說。

「眞是的，請你原諒，那孩子太……」宗助鞠了鞠躬，「連父母的話，他不理解的就不聽從。」

「這很好嘛。」太吉郎點點頭，「今天又為什麼只帶秀男一個人出來呢？」

「如果連他弟弟也帶來，家裡的織機不就得停下來了嗎？加上這孩子個性倔強，我想讓他在我所喜歡的樟樹林蔭道上走走，也許能使他受到薰陶，變得溫柔些……」

「這些林蔭道眞好啊。其實，大友先生，你要知道，我也是受到秀男的好心勸告，才把阿繁和千重子帶到這兒來的呀。」

「眞的？」宗助驚訝地瞧著太吉郎的臉，「恐怕是你想見見令嬡吧。」

「不，不！」太吉郎連忙否認。

宗助回過頭看，只見秀男和千重子走在後面，阿繁落在最後。

走出植物園的大門，太吉郎對宗助說：

「就坐這輛車子走吧。西陣不遠。這工夫我們還要到加茂川邊走走……」

正當宗助躊躇的時候，秀男說了一句「那麼，我們不客氣了」，便讓父親上了車。

佐田一家站著目送車子。宗助從坐席上欠起身子，行了個禮。但秀男則只是輕輕點了點頭。

「這孩子眞有意思。」太吉郎想起搧秀男一記耳光的事來，一邊忍住笑一邊說：「千重子，你和秀男談得很投緣呀，他在年輕姑娘面前膽怯嗎？」

千重子的眼光裡露出靦腆的神色，說：

「你是說在樟木林蔭道上？……我只聽他講，不知他爲什麼這樣興沖沖地同我談了這許多呢？……」

「那是因爲他喜歡千重子唄，連這點你都不明白？他曾說你比中宮寺和廣隆寺的彌勒佛爺還美吶……連爸爸都嚇一跳，那麼一個彆扭的小伙子，竟會說這出這樣了不起的話來。」

「……」千重子也吃了一驚，臉刷地漲紅到耳朵根。

「他和你都說些什麼了？」父親探問。

「說了些西陣手織機命運一類的事。」

「命運？嗯？」父親沉思起來。

「提起命運，好像很深奧。其實，命運……」女兒回答。

出植物園，右邊加茂川的堤岸上立著一排排松樹。太吉郎率先穿過松林，下到河灘上。雖叫河灘，其實就是一片長著嫩草的細長條的綠野。突然傳來一陣流水聲。

一群上了年紀的人坐在嫩草地上，打開了飯盒；也有些青年男女，雙雙悠然漫步。河對岸，在上車道的下面，有塊專供遊人散步的地方。透過稀稀疏疏的櫻樹，可以看見後面正中的愛宕山，它與西山相連。河流上游，快貼近北山。這一帶是風景區。

「咱們坐下來吧。」阿繁說。

從北大路橋下，可以窺見河邊的草地上晾晒著友禪綢子。

「哦，到底是春天啊！」阿繁四下看了看說。

「繁，你覺得秀男這孩子怎麼樣？」太吉郎問。

「什麼怎麼樣？這是什麼意思？」

「招個養老女婿……」

「什麼？爲什麼突然說起這些事……」

「人滿穩重的。」

「雖然不錯，可是，還得先問問千重子。」

「千重子早就說過絕對服從啦。」太吉郎說著望了望千重子：「對吧，千重子。」

「這種事不能強制呀！」阿繁也看了看千重子。

千重子低下了頭。腦子裡浮現出水木眞一的身影。那是幼年時代的眞一。畫眉毛，塗口紅，化妝打扮成王朝的裝束，乘上了祇園節的山車，這是眞一的童男形象——當然，那個時候，千重子也是個小孩子。

---

①西陣位於京都上京區。以生產綢緞織錦而出名。

北山杉

自平安王朝始，在京都，論山就得數比叡山，論節日就可算加茂的節日了。

五月十五日的葵節已經過去了。

打昭和三十一年起，就讓齋王①加入了葵節的敕使隊伍。這是古時候的一種儀式，相傳齋王在隱居齋院之前，要在加茂川把身體洗淨。由坐在轎子上、身穿便禮服的女官領先，女孺②和童女等隨後，樂師奏著雅樂，齋王則穿一身十二單衣坐在牛車上，遊行過去。由於這身裝束，加上齋王是由女大學生一般年齡的人裝扮，所以看上去更加風雅華麗。

千重子的同學中，有個姑娘被選上扮齋王。那時候，千重子她們也曾到加茂的堤岸上觀看遊行隊伍。

在古神社、古寺院甚多的京都，可以說幾乎每天都要舉行大大小小的節日。翻開日曆，整個五月份，不是這兒就是那兒，總有熱鬧可看。

獻茶③、茶室、郊遊臨時休息地、茶鍋等，總有用場，甚至供不應求。

今年五月，千重子連葵節也沒去參觀。五月多雨，是個原因。但是小時候經常被領去參加各種節日，不稀罕了，也是原因之一吧。

花固然美，但千重子卻喜歡去看新葉的嫩綠。高雄附近楓樹的新葉自不消說，若王子一帶的，她也很喜歡。

友人從宇治寄來了新茶。千重子一邊沏茶一邊說：

「媽媽，咱們今年連去看採茶的事也都忘記了。」

「採茶嘛，現在還有吧？」母親說。

「也許還有。」

那時候，植物園裡林蔭道旁的樟樹正在抽芽，就像花一般的美麗，大概也是屬於抽芽稍晚的吧。

千重子的女朋友眞砂子掛來了電話。

「千重子，去不去看高雄的楓樹嫩葉？」她邀請千重子說。「現在比看紅葉的時候人少……」

「不會太晚嗎？」

「那兒比城裡冷，大概還可以吧。」

「嗯，」千重子稍頓了頓，接著又說，「本來看過平安神宮的櫻花，就該去看周山的櫻花才好呢。可是全給忘了。那棵古樹……櫻花已經看不成了，不過我想去看北山的杉樹哩。從高雄去很近嘛。望著那挺拔秀麗的北山杉，就會感到心情舒暢。你願意陪我去看杉樹吧？比起楓樹，我更想看北山的杉樹啊。」

千重子和眞砂子覺得既然已經來到這兒，就決定還是去看看高雄的神護寺、槇尾的西明寺和栂尾的高山寺等處的楓樹綠葉。

神護寺和高山寺的坡道都很陡峭。已經穿上西式夏裝、腳登矮跟皮鞋的眞砂子倒還好，擔心的是穿著和服的千重子不知怎麼樣。她偷偷瞧了一眼千重子。然而，千重子顯得毫不費勁的樣子。

「你幹麼總是那樣瞧著我？」

「眞美啊！」

「眞美啊！」千重子停住腳步，俯視著清瀧川那邊說，「本以爲樹木都已鬱鬱蔥蔥，那裡會很熱鬧的，可沒想到會這樣涼爽啊。」

「我是說……」眞砂子忍住笑，「千重子，我是說你呀！」

「……」

「人世間怎麼會有這樣的美人兒啊！」

「討厭鬼！」

「素雅的和服在萬綠叢中把你的美貌襯托得更加迷人啦。你要是穿上華麗的衣裳，會更加漂亮的……」

千重子穿一身不甚鮮艷的紫色和服，繫的是她父親毫不吝惜地剪給她的那條紅白相間的腰帶。

千重子登上了石階。眞砂子在想神護寺的平重盛④、源賴朝⑤的肖像畫和世界馳名的安德烈・馬爾勞沃⑥的肖像畫，她好像發現在重盛的臉頰上還有什麼地方隱約殘留下緋紅的時候，才說出那句話的。而且，千重子從前也聽到眞砂子講過好幾次同樣意思的話。

在高山寺，千重子喜歡從石水院那寬闊的廊道上眺望對山的姿容。也喜歡觀賞祖師明惠上人⑦樹上坐禪的肖像畫。在壁龕旁邊攤放著一幅《鳥獸圖》的複製品。她們兩人受到了招待，在這條廊道上喝茶。

眞砂子不曾從高山寺再往裡走。那兒是遊人止步的地方。

千重子記得父親曾帶她到周山賞花，摘了筆頭菜就回去了。筆頭菜又粗又長。此後，每次到高雄來，哪怕是一個人，她也要到北山的村莊走一趟。如今它已經合併到市裡，成了北區中川北山町了。這裡只有百二三十戶人家，似乎叫做村更合適。

「我走慣路，咱們走走吧。」千重子說。「再說，又是這麼好的路。」

走到清瀧川岸邊，有一座陡峭的山逼將過來。不一會兒，就看見一片美麗無比的松林。筆直參天的杉樹非常整齊地聳立著。一看就知道是經過人工精心修整的。只有這個村莊才能出產這種有名的木材——北山圓木。

下午三點大概是工間休息的緣故，有一群像是割草的婦女從杉山上走了下來。

眞砂子突然站住，呆呆地凝望著人群中的一個姑娘：

「千重子，那個人很像你，跟你長得一模一樣不是？」

那姑娘上身穿藏青地碎白花紋的穿袖和服，雙肩上斜繫著攬袖帶⑧；下身穿裙褲⑨，繫著圍裙；手戴手背套⑩，頭上還紮了頭巾。圍裙一直繞到背後，兩旁開叉。她身上只有攬袖帶和從裙褲露出來的細腰帶是帶紅色的。其他姑娘也是同樣的裝扮。

大原女⑪或白川女打扮大都相似，像古裝玩偶的樣子。她們全是穿上山的勞動服，不像是要進城賣東西的模樣。可能這就是日本野外或山上勞動的婦女形象吧。

「像極了。你不覺得奇怪嗎？千重子你好好看。」眞砂子一再說道。

「是嗎？」千重子並沒認眞看。「你啊，別太冒失了。」

「什麼冒失，那麼漂亮的人兒……」

「漂亮倒是漂亮，不過……」

「簡直就像你的異母姐妹啊！」

「瞧你，這樣冒失！」

眞砂子被她這麼一說，這才覺察到自己失言，太離奇了，她都快要笑出聲來，於是又強忍住笑，說：

「人的相貌，雖然也會偶然相像，可卻沒有這麼像的啊！」

那個姑娘和她身邊的姑娘們沒有注意到千重子她們倆，便擦身走了過去。

那個姑娘把頭巾紮得很低，只露出一點前髮，幾乎遮住了半邊臉。不像眞砂子所說的，可以看清楚她的臉。也沒能相對而視。

再說，千重子曾多次來過這個村子，看見過男人們把大杉圓木的樹皮粗粗地剝掉之後，再由婦女仔細地剝一遍，然後用水或溫泉水拌和菩提瀑布的砂子，輕輕地洗刷著圓木的情景，她還模模糊糊地記得那些姑娘的面孔。那些加工活兒都是在路旁或戶外進行的，而在這小小的山村裡，不致於有那麼多姑娘。當然，她也沒有把每個姑娘的面孔都一一仔細地觀察過。

目送姑娘們的背影遠去之後，眞砂子也稍稍平靜了一些。

「眞奇怪呀！」她一連說了幾遍，然後要仔細打量千重子的臉似地歪了歪頭，「的確很像啊！」

「什麼地方像呢？」千重子問。

「是啊，怎麼說呢？總覺得很像。可是，很難具體說什麼地方像，許是眼睛或是鼻子……不過，中京的小姐和山村姑娘當然是不一樣囉。請原諒。」

「瞧你說的……」

「千重子，咱們跟上去，到她家去瞧瞧好嗎？」眞砂子戀戀不捨似地說。

「到她家去瞧瞧好嗎」這種話，即使出自開朗的眞砂子之口，也僅是說說而已。然而，千重子卻放慢了腳步，幾乎要停了下來。她時而仰望杉山，時而凝視堆放在家家戶戶門前的杉圓木。

白杉圓木都是一般粗大，磨得非常好看。

「簡直像手工藝品呀。」千重子說，「據說也用它來修建茶室，甚至還遠銷東京、九州呢……」

在靠近屋檐前的地方，整齊地立著一排圓木；二樓也立著一排。有一處人家，二排那排圓木前面，晾晒著汗衫等衣物。眞砂子好奇地望著說：

「這家人說不定就住在圓木排中呢？」

「你眞冒失啊，眞砂子……」千重子笑了，「在圓木小屋旁邊，不是有很好的住家嗎？」

「唔，二樓上還晾晒著衣服吶……」

「眞砂子，你說那位姑娘像我，也是這樣信口開河的吧。」

「那個和這個是兩碼子事。」眞砂子認眞起來，「我說你像她，你覺得遺憾嗎？」

「一點也不覺得遺憾。不過……」千重子說話間，腦子裡突然浮現出那姑娘的眼睛來。一個健康的勞動形象，眼睛裡卻蘊含著深沉而憂鬱的神色。

「這個村子的婦女都很能幹啊。」千重子要迴避什麼似地說。

「女人和男人一起幹活，沒有什麼稀奇的。莊稼人嘛，就是那樣子。賣菜的、賣魚的何嘗不是……」眞砂子輕快地說，「像你這樣的小姐才看見什麼都欽佩呢。」

「別看我這樣，我也會幹活的呀，你才是個小姐呢。」

「哦，我是不幹活兒的。」眞砂子乾脆地說。

「幹活兒，說起來簡單……眞想讓你看看這個村子的姑娘幹活兒的情景呢。」千重子又把視線投向杉山，說：「已經是開始整枝的時候了吧？」

「什麼叫整枝？」

「爲了使杉樹長好，用刀把多餘的枝椏砍掉。人們有時還要使用梯子，有時則像猴子一般從這棵杉樹梢盪到另一棵杉樹梢……」

「多危險啊！」

「有的人一早爬上去，直到吃午飯的時候也不下來……」

眞砂子也抬頭望了望杉山。筆直聳立著的一排排樹幹，實在美極了。殘留在樹梢頂端的一簇簇葉子，也像是一種精巧的工藝品。

山不高，也不太深。山巔上整整齊齊地排列著的一棵棵杉樹，彷佛一抬頭就可望及。這些杉木是用來修建茶室的，所以杉林的形態看上去也有茶室的情調。

只是，清瀧川兩岸的山，十分陡峭，墜落在狹窄的盆地上。據說，此地雨量多，陽光少，這是栽培有名杉木的天然條件之一。自然也能防風吧。假使遇上強風，杉樹就會從新長的嬌嫩地方彎曲或歪扭。

村子裡，只在山腳下和河岸邊排了一排房子。

千重子和眞砂子一直走到這個小小村莊的盡頭，然後再折回來。

那裡有一戶磨圓木的人家。婦女們把泡在水面的圓木拿起來，用菩提瀑布的砂子細心地磨著。這種砂子是紅色的，像黏土一樣。據說是從菩提瀑布的下游取來的。

「如果那種砂子用完了怎麼辦？」眞砂子問。

「一下雨，砂又會跟著瀑布一起沖下來，堆積在下游處。」一個年長的婦女答道。

眞砂子心想：這回答得多麼樂觀啊。

但是，正如千重子所說的，這裡的婦女們幹起活來可眞賣力氣。那圓木有五六寸粗，可能是用來做柱子的吧。

據說把磨好的圓木用水洗淨晾乾，再捲上紙，或者捆上稻草，然後出售。

一直到清瀧川石灘，有的地方還種有杉樹。

眞砂子看見山上種植的整齊的杉樹和屋簷前屹立的成排杉木，不由得想起京城古色古香的房子那一塵不染的紅格子門來。

村子入口處，有個叫菩提道的國營公共汽車站。再往上走，可能就有瀑布了。

她們兩個人在這兒乘公共汽車回家。沉默了片刻，眞砂子猛然說了一句：

「一個女孩子要能像杉樹那樣得到栽培，挺拔地成長起來就好了。」

「……」

「可惜我們得不到那樣的精心栽培啊！」

千重子都快要笑出聲來了。

「眞砂子，你有過約會吧？」

「唔，有過。坐在加茂川邊的草地上……」

「……」

「木鋪街的商店，客人也多起來。都掌燈了，我們得往回走啦，不知道商店裡都有些什麼人。」

「今天晚上？……」

「今晚七點半也有約會，現在天還沒擦黑呢。」

千重子很羡慕眞砂子的這種自由。

千重子和雙親三個人，正在面對中院的內客廳裡吃晚餐。

「今天這瓢正飯館的竹葉卷壽司是島村送來的，請多吃點兒。我只做了個湯，請原諒。」母親對父親說。

「是嗎？」

家鯽魚做的竹葉卷壽司，是父親最愛吃的。

「因爲名廚師回來得晚……」母親指的是千重子，「她又和眞砂子去看北山的杉樹了……」

「嗯。」

伊萬里⑫瓷盤裡盛滿了竹葉卷壽司。剝開包成三角形的竹葉，就看見飯卷上放著一片薄薄的家鯽魚。湯主要是豆皮加少許香菇。

太吉郎的鋪子像正面的格子門那樣，還保留著京都批發商的風格，可是現在已經改成了公司，原先的代理人和店員都成了職員，大部分人改成每天從家裡來上班，只有從近江來的兩三個店員則住在鑲著小格子窗的二樓上。晚飯時間，後面很安靜。

「千重子很愛上北山杉村去。」母親說，「這是什麼道理呢？」

「因爲我覺得杉樹都長得亭亭玉立，美極了。要是人們的心也都那樣，該多好啊。」

「那不是跟你一樣了嗎？」母親說。

「不，我的心是彎彎曲曲的……」

「那也是。」父親插進來說，「無論多耿直的人，也難免有各種各樣的想法。」

「……」

「那不也挺好嗎？有像北山杉村那樣的孩子，固然可愛；可是，沒有啊。即使有，一旦遇上什麼事，很容易受騙上當。就拿樹來說吧，不管它是彎也罷，曲也罷，只要長大成材就好……你瞧，這個窄院子裡的那棵老楓樹。」

「千重子這孩子太好了，你還有什麼好說的呢。」母親泛起了不悅的神色。

「知道，我知道，千重子是個正直的孩子……」

千重子把臉轉向中院，沉默了一會兒。

「像那棵楓樹多頑強啊，可在我身上……」千重子的話聲裡帶著哀傷的情調，「我頂多就像生長在楓樹幹小洞裡的紫花地丁。哎呀，紫花地丁的花，不知不覺間也凋謝了。」

「眞的……明春一定還會重新開花的。」母親說。

低下頭來的千重子，把目光停在楓樹根旁那座雕有基督像的燈籠上。藉助屋裡的燈光，已經看不清那剝蝕了的聖像，但她好像在祈禱什麼。

「媽媽，眞的，我是在什麼地方生的？」

母親和父親面面相覷。

「在祇園的櫻花樹下呀！」太吉郎斷然地說。

什麼晚上在祇園櫻花樹下生的，這不是有點像《竹取物語》⑬這個民間故事了嗎？據說赫映姬就是從竹節之間生出來的。

正因爲這樣，父親反而斷然說出來。

千重子心想：要是眞在櫻花樹下生的，也許會像赫映姬那樣，有人從月宮裡下來迎我回去呢。她覺得這種想法有點滑稽，也就沒有說出口來。

無論是被遺棄還是被搶，千重子究竟是在什麼地方出生的呢？父母不知道。也許連千重子的生身父母是誰，他們也都不知道呢。

千重子後悔自己不該問這些不得體的話。但是，她覺得還是不道歉爲好。那麼，自己又爲什麼會突然問起這個問題呢？連她自己也不明白，說不定是因爲她模模糊糊地想起了眞砂子說過的：北山杉村有個姑娘長得跟她一模一樣……

千重子不知往哪兒看好，於是她仰望著大楓樹的頂梢。是月亮出來了，還是繁華街的燈光映照，夜空顯得一片白茫茫的。

「天空也呈現出夏天的色彩啦。」母親阿繁也仰望著天空說。「喂，千重子，你就是在這家生的。雖說不是我生的，可是就是在這家生的啊！」

「是啊。」千重子點了點頭。

正如千重子在清水寺對眞一說過的，千重子不是阿繁夫婦從賞夜櫻的圓山公園裡搶來的，而是被人扔在店鋪門口，太吉郎把她抱回來的。

這是二十年前的往事了。當時太吉郎還是個三十歲出頭的人，生活相當放蕩不羈。妻子不敢輕易聽信丈夫的話。

「別說得好聽……你抱來的這孩子，說不定是你跟藝妓生的吧。」

「不要胡說！」太吉郎變了臉色。「你好好看看這孩子身上穿的，是藝妓的孩子嗎？瞧，是藝妓的孩子嗎？」太吉郎說著，把嬰兒推給了阿繁。

阿繁接過嬰兒，把自己的臉貼在嬰兒冰冷的臉頰上。

「這孩子，你打算怎麼辦？」

「到裡頭再慢慢商量，幹麼發愣啊。」

「這是剛生下來的啊！」

沒找著嬰兒的親生父親，不能收做養女，所以戶口册上申報爲太吉郎夫婦的親生閨女，取名千重子。

按通常說法，抱一個孩子來撫養，自己也就會親生一個孩子。可是，阿繁沒有生過孩子。千重子就作爲太吉郎他們的獨生女，受到撫育和寵愛。隨著歲月的流逝，太吉郎夫婦也不再爲這孩子究竟被誰遺棄而煩惱。至於千重子的親生父母是死是活，更無從知曉。

當天晚飯後，只拾掇拾掇竹葉卷壽司的竹葉子和湯碗就完了，比較簡單，這全由千重子一個人負責。

然後，千重子躲到後面二樓自己的寢室裡，欣賞父親帶去嵯峨尼姑庵的保羅・克利和卻加爾的畫集。後來千重子睡著了。不一會兒，她就被惡夢魘住，發出「啊！啊！」的聲音驚醒了。

「千重子，千重子！」從隔壁傳來了母親的叫喚聲，沒等千重子答應，隔扇門就打開了。

「你做夢啦？」母親說著走了過來，「是做惡夢？……」

於是她在千重子的身邊坐下，開亮了千重子枕邊的電燈。

千重子已經坐在睡鋪上了。

「唉呀，出這麼多汗。」母親從千重子的梳妝台上拿了一條紗手巾，擦著千重子額上和胸前的汗珠子。千重子任憑母親揩拭。母親暗自想道：這胸脯多麼嬌美而白嫩啊。

「來，擦擦胳肢窩……」母親把手巾遞給了千重子。

「謝謝您，媽媽。」

「做惡夢啦？」

「是啊，夢見從高處摔下來……咚地一聲就掉進了一個鬱綠可怕的無底深淵裡了。」

「誰都會做這種夢的，」母親說，「但總也掉不到底啊。」

「……」

「千重子，別著涼囉，換件睡衣吧。」

千重子點點頭，可是心情還沒有平靜下來。她剛要站起來，就覺得腳跟有點站不穩。

「得了，得了，媽媽給你拿。」

千重子原地坐著，靦腆而麻利地更換了睡衣。她正要去疊換下來的衣裳，母親就說：

「不用疊了，就拿去洗。」母親把衣裳拿過來，扔到犄角的衣架上。然後，又坐到千重子的枕邊：「做這點夢……千重子，你不是發燒吧？」

母親說著，用掌心摸了摸女兒的額頭。非但沒有發燒，反而是冰涼的。

「大概是上北山杉村去，太累了吧。」

「……」

「瞧你這副心神不定的神色，媽到這兒來陪你睡。」

母親說罷，就要去把鋪蓋搬來。

「謝謝媽……我已經不要緊了，您放心睡去吧。」

「眞的？」母親一邊說一邊鑽進千重子的被窩，千重子把身子挪向一旁。

「千重子，你已經這樣大了，媽再不能抱著你睡了。啊，多有意思呀！」

然而，母親先安穩地睡著了。千重子怕母親的肩膀著涼似地用手探了探，然後滅了燈。千重子卻輾轉不能成眠。

千重子做了一個長夢。她對母親說的，只是這個夢的結尾。

開始，與其說是夢，不如說是介於夢和現實之間，她非常高興地回想起了今天和眞砂子要到北山杉村去的情景。說也奇怪，眞砂子所說的酷似她的那個姑娘的形象，遠比那村莊的情景更清晰地浮現在她的記憶裡。

後來，在夢的結尾，她掉進了一個鬱綠的深淵裡。那綠色也許就是留在她心靈上的杉山吧。

鞍馬寺舉行的伐竹會⑭是太吉郎所喜歡的一種儀式。大概是因爲它具有男子漢的氣魄吧。這種儀式，太吉郎年輕時就看過多次，並不覺得新奇。不過，他想帶千重子去看看。何況據說今年因經費關係，鞍馬寺十月間的火節也不舉行了。

太吉郎擔心下雨。伐竹會在六月二十日舉行，正是梅雨季節。十九日那天的雨，下得比平日的梅雨大。

「這麼下下去，明天恐怕舉行不了啦。」太吉郎不時地望望天空。

「爸爸，下點雨算得了什麼呢。」

「話雖如此，」父親說，「天氣不好總是……」

二十日，雨還在下個不停，空氣有點潮濕。

「把窗戶和櫃門都關上吧。討厭的濕氣會使和服料子上潮的。」太吉郎對店員說。

「爸爸，不去鞍馬寺了嗎？」千重子問父親。

「明年還舉行，今年不去算了。鞍馬山濃霧瀰漫，也沒什麼可……」

爲伐竹會效力的不是僧侶，主要是鄉下人。他們被稱作法師。十八日就得爲伐竹做準備，將雄竹和雌竹各四根，分別橫捆在大雄寶殿左右的圓柱上。雄竹去根留葉，雌竹則留根去葉。

面對大雄寶殿，左邊叫丹波座，右邊叫近江座，這是自古流傳下來的稱呼。

輪到主持儀式的家人，就得穿著世襲的素綢服，腳登武士草鞋，繫上攬袖帶，頭纏五條袈裟的僧侶冠，腰間插著兩把刀，掖著南天竹葉子，伐竹用的樵刀則放在錦囊裡。在開路人的引領下，向山門進發。

約莫在下午一點，身穿十德服⑮的僧侶吹起海螺號，就開始伐竹。

兩名童男齊聲對管長⑯說：

「伐竹之神事，可慶可賀。」

然後，童男分別走到左右兩個座位上，各自誇讚說：

「近江之竹，妙哉！」

「丹波之竹，妙哉！」

伐竹人首先把捆在圓柱上的粗大的雄竹砍下來，然後整理好。細長的雌竹則原封不動地放置在那兒。

童男又報告管長說：

「砍完竹了。」

僧侶們走進大殿頌經。然後撤供神的夏菊花，以代替蓮花。

接著，管長從祭壇上走下來，打開絲柏骨扇子，上下扇了三遍。

隨著衆人的「啊！」聲，兩人在近江、丹波兩座位上各自把竹子砍成三段。這就是伐竹會的儀式。

太吉郎本想讓女兒去看看這種伐竹儀式。由於天下雨，就有點猶豫不決。正在這時，秀男胳肢窩裡夾著一個小包走進格子門來，說：

「我好不容易總算把小姐的腰帶織出來了。」

「腰帶？……」太吉郎有點詫異，「是我女兒的腰帶嗎？」

秀男跪坐著後退了一步，恭恭敬敬地低頭施了個禮。

「是鬱金香圖案的……」太吉郎爽快地說。

「不，是您在嵯峨尼姑庵裡畫的……」秀男認眞地說，「那時候我太幼稚了，對佐田先生實在失禮了。」

太吉郎暗自吃驚，說道：

「哪裡，那只是我的業餘愛好，隨便畫畫罷了。經你規勸，我才恍然大悟，我要感謝你才對。」

「那條腰帶我已經織好帶來了。」

「什麼？」太吉郎驚訝不已。「那張畫稿，我把它揉成團扔到你們家旁邊的小河裡去了。」

「您扔掉了？……原來是這樣。」秀男沉著得就像目中無人似的，「您既然讓我看過，那就全都印在我的腦子裡了。」

「這大概就是生意人的本事吧。」太吉郎說著，沉下臉來。「不過，秀男，我扔到河裡的畫稿，你爲什麼要織它呢？嗯？爲什麼還要織它呢？」

太吉郎反覆地說了好幾遍，一股既不是悲傷，也不是憤怒的情緒湧上了他的心頭。

「秀男，你不是說過構思顯得不協調，既荒涼又不健全嗎？」

「……」

「所以一走出家門，我就把那張畫稿扔到小河裡去了。」

「佐田先生，請您原諒我吧。」秀男又一次鞠躬表示歉意。「當時我無可奈何地織了一些索然乏味的東西，弄得疲憊不堪，心裡很焦躁啊。」

「我也一樣啊。嵯峨尼姑庵環境倒很清靜，可是只有老尼姑一個人，還雇了個老婆子白天來幫忙，非常寂寞……加上我家生意清淡，因此我覺得你那番話倒也實在。像我這樣一個批發商，又不是不畫畫稿就不能生活，更沒有必要去畫那種新奇的圖案。然而……」

「我也有許多想法。自從在植物園裡遇見小姐，我還在想。」

「……」

「請您看看腰帶好嗎？倘若不如意，您可以當場用剪子把它剪碎。」

「嗯，」太吉郎點點頭，然後呼喊女兒：「千重子！千重子！」

在帳房裡同掌櫃並排坐著的千重子站了起來。

秀男長著一雙濃眉，他緊閉著嘴唇，似乎很有自信的樣子，然而他解包袱皮的手卻微微顫抖。

他不好對太吉郎說什麼，於是轉向千重子：

「小姐，請你看看。這是按照令尊的圖案織的。」秀男說著就這麼將捲著的腰帶遞給了她，而且顯得特別拘束。

千重子稍微展開腰帶的一端，說：

「啊，爸爸！這是在嵯峨從克利畫集得到啓發構思出來的吧。」她說著就把腰帶放在自己的膝上捯開，「唉呀，好極了。」

太吉郎哭喪著臉，一聲不言。但內心裡對秀男能把自己的圖案記得那麼牢，的確感到震驚。

「爸爸。」千重子孩子氣地，用興奮的聲調說：「的確是一條好腰帶！」

「……」

千重子摸了摸帶子的質地，然後對秀男說：

「你織得非常結實呀！」

「嗯。」秀男低著頭。

「可以在這兒抖開來看看嗎？」

「行。」秀男回答。

千重子站起來，把腰帶攤在他們兩人面前。她把手放在父親肩上，就這麼站著觀賞起來。

「爸爸，您覺得怎樣？」

「……」

「不是挺好看嗎？」

「你眞的覺得好看？」

「嗯。謝謝您了，爸爸。」

「你再認眞看看。」

「花樣多新穎啊，雖然也要看配什麼和服……不過這的確是一條好腰帶呀。」

「是嗎。你既然那麼喜歡，你就謝謝秀男吧。」

「秀男先生，謝謝。」千重子在父親身後跪坐下來，向秀男鞠了個躬。

「千重子！」父親喊了一聲。「你看這條腰帶協調嗎？構思上的協調呀。」

「什麼？協調？」千重子像是遭到了突然襲擊，又看了看腰帶，「所謂協調，還得看穿什麼和服和什麼人穿呢。不過……如今還時興有意穿破壞協調的衣裳吶。」

「唔。」太吉郎點點頭。「千重子，其實我讓秀男看這條腰帶畫稿的時候，他就說不協調了。所以，我把那張畫稿扔到秀男他們作坊旁邊那條小河裡去了。」

「……」

「然而，當我看到秀男織好的腰帶，我覺得這不是和我扔掉的畫稿一樣的嗎？雖然在顏料和彩線方面，色澤有點不同。」

「佐田先生，很抱歉，請您原諒。」秀男低頭認錯了。「小姐，我有個冒昧的請求，請你繫上這條腰帶試試看好嗎？」

「就在這件和服上……」千重子站起來繫上腰帶。她突然變得漂亮多了。太吉郎的臉色也平和下來。

「小姐，這是令尊的大作啊！」

秀男的眼睛閃爍著光芒。

---

①天皇即位時，每每選未婚的公主侍奉伊勢神宮和賀茂神社，此人稱爲齋王。

②女孀，屬内侍司，在宮中掌管掃除、點燈的女官。

③供奉神佛的茶。

④平重盛（一一三八～一一七九），平安王朝末期的武將。

⑤源賴朝（一一四七～一一九九），鎌倉幕府的將軍，武家政治的創始人。

⑥安德烈·馬爾勞沃（一九〇一～），法國作家、政治家。

⑦明惠上人（一一七三～一二三二），鎌倉時代的華嚴宗高僧。

⑧日本婦女在勞動時爲了挽起和服的長袖，斜繫在雙肩上而在背後交叉的帶子。

⑨日本婦女在勞動時穿的一種紮腳褲。

⑩日本婦女在勞動時爲了保護手背，用布或皮做的一種手背套。

⑪由京都大原鄉到京都市裡賣柴的婦女。

⑫伊萬里位於佐賀縣西部，盛產陶瓷器。

⑬《竹取物語》是日本最早的一部短篇小說。赫映姬是書中的主人公。

⑭每年六月二十日，京都鞍馬寺在該寺毗沙門堂上舉行由眾法師持大刀砍伐青竹的儀式，叫做伐竹會。

⑮袖根縫死的一種日本服。

⑯管理一個宗派之長者。

祇園節

千重子拎著大菜籃子走出店門，要到麩屋街的湯波半①去。從御池大街往上走，一路上，她看見叡山到北山的天空中一片火紅，不禁駐足仰望了好一陣子。

夏季晝長，尚未到夕陽晚照的時分，還不是一抹寂寞的天色。上空燃燒著璀燦的紅霞。

「原來還有這種景緻，我頭一回看到啊。」

千重子拿出一面小鏡子，在那濃艷的彩雲下，照了照自己的臉。

「令人忘不了，一輩子也忘不了啊！……莫非人的感情會隨著心潮的起伏而變化嗎？」

叡山和北山也許是抹上了那種顏色，變得一片深藍了。

湯波半已經做好豆皮、牡丹豆皮和八幡卷。

「您來了，小姐。正逢祇園節，忙得不可開交，只有熟悉的老顧客來訂才做，請多多包涵。」

這家鋪子向來只做顧客預訂的東西。在東京，賣糕點的也有這樣的鋪子。

「是供奉祇園用的吧？長年得到您的照顧，謝謝了。」湯波半的女店員把做好的東西往千重子的菜籃子裡放，裝了滿滿一籃。

所謂「八幡卷」，就像鰻魚卷一樣，用豆皮捲上牛蒡。「牡丹豆皮」就像炸豆腐，不過它是用豆皮包上白菜之類的東西。

湯波半是家有兩百多年歷史的老鋪子，還留下了戰火的痕跡。有的地方經過修整……比如在小天窗上安了玻璃，像火坑一般的做豆皮用的爐子，則改用磚砌。

「從前燒炭作業揚起的粉末，紛紛落在豆皮上。因此決定改燒木屑。」

「……」

方銅鍋間隔排成一排，豆漿上面結了一層豆皮，作業人員用竹筷子熟練地把它撈上來，晾在上面細細的竹架上。架子上下幾層，豆皮乾了，挨次往上挪。

千重子走進作坊緊裡頭，把手扶在那古老的柱子上。每次同母親一道來，母親總是要撫摸這根古老的頂樑柱。

「這是什麼木？」千重子問。

「是絲柏木，一直頂到上面，筆直筆直的……」

千重子也摸了摸這根頂樑柱，然後才走出店門。

千重子踏上了歸途。祇園的伴奏排練達到了高潮。

遠方來看熱鬧的遊客，也許以爲祇園節只有七月十七日這天才有彩車遊行，所以盡量趕在十六日晚以前來到宵山。

其實祇園節的典禮是在整個七月份舉行，中間不間斷。

各地區都從七月一日開始分別舉行彩車遊行。「迎吉符」和奏樂等活動。

每年由童男童女乘坐的彩車，都走在遊行隊伍的前頭。至於其他彩車的先後順序，則於七月二日或三日由市長舉行儀式抽簽決定。

彩車一般是在頭一天紮起來。七月十日的「洗神轎」可能是典禮的序幕。在鴨川的四條街大橋上洗神轎，雖然是洗，實際上只是由神官把楊桐蘸蘸水，然後往神橋上灑灑罷了。

接著，十一日由童男童女參拜祇園社。他們是乘坐彩車去的。童男跨在馬頭，頭戴烏帽，身穿獵服，由侍從陪同去接受五位官銜。五位以上就是「殿上人」②了。

從前有神佛參加時，也曾把童男童女左右的小侍從，比作觀音和勢至二尊菩薩。還有讓童男童女接受神位，比喻童男童女與神舉行婚禮。

「這種事，我不幹，我是個男孩嘛！」當水木眞一被裝扮成童女時，他曾這麼說。

此外，童男童女要吃「特別灶」。就是說，他們吃的東西，要用與家人不同的爐灶來燒，以表示潔淨的意思。但是，如今這些規矩都省略了，據說只把童男童女的食物，用火鐮打火③燒燒就算了。也有這樣的傳說：有的人家，家人無意中忘記了，童男童女就會催促說：「火鐮，火鐮。」

總之，繁文縟節，童男童女不是遊行一天就能完事。他們還必須到彩車街挨家串戶，登門拜訪。節日典禮和童男童女的活動差不多得忙上一個月的光景。

京都人對十六日的宵山，比起對七月十七日的彩車遊行來，似乎更感興趣。

祇園會的日期快到了。

千重子家也把鋪子前面的格子門卸了下來，忙於準備過節。

京都姑娘千重子是四條街附近的批發商出身，又是屬於八坂神社管區的居民，對每年例行的祇園節當然不稀罕。這是炎熱的京都的夏節。

她最感到親切的是眞一坐在彩車上的那副童男的形象。每逢過節，聽到祇園的奏樂聲，或看見被許多燈籠照著的彩車，她就馬上回憶起眞一那副形象來。那時，眞一和千重子都是七八歲的孩子。

「沒見過，即使女孩子也沒有那麼美啊！」

眞一到祇園社去接受五位少將官銜時，千重子跟著去了；彩車遊街，她也跟著轉悠。童男打扮的眞一，帶著兩個小侍從來到千重子的店鋪拜訪，眞一喊：「千重子，千重子！」千重子滿臉通紅地凝望著眞一。眞一化了妝，抹上了口紅，然而千重子卻是一副被晒黑了的臉。那時千重子還是個小姑娘，身穿夏季單衣，腰繫三尺紅色腰帶，把折凳放倒，靠在紅格子門上，在同鄰居的孩子玩線香火花……

如今，在奏樂聲中，或彩車燈下，眞一那副童男打扮的形象，依然歷歷如在眼前。

「千重子，你不去宵山嗎？」晚飯後母親問千重子。

「媽，您呢？」

「媽有客人，走不開。」

千重子一走出家門，就加快了腳步。四條大街人山人海，簡直叫人不能動彈。

但是，千重子很熟悉情況，她知道四條大街什麼地方有什麼彩車，哪條胡同又有哪些彩車，所以她統統瀏覽了一遍。街上依然非常熱鬧，頻頻傳來各種彩車的奏樂聲。

千重子走到「御旅所」④前買了一根蠟燭，點著了供在神前。在節日期間，也把八坂神社的神請到御旅所來。御旅所坐落在從新京極走出四條大街的南邊。

在御旅所前，千重子發現一個姑娘像是在做七次參拜的樣子。雖然只看到背影，但一眼就能看明白她在做什麼。所謂七次參拜，就是從御旅所神前往前走一段距離，然後再折回神前叩拜禱告，如此反覆七次。在行進中，即使遇見熟人，也不能開口說話。

「噯喲！」千重子看見那位姑娘，覺得好生面熟。她就不由自主地也跟著開始做七次參拜了。

姑娘朝西邊走，再折回御旅所。千重子則相反，朝東邊走，然後再折回來。但是，那位姑娘比千重子更虔誠，禱告時間也長。

姑娘好像已經做完了七次參拜。千重子沒有姑娘走得那麼遠，所以和姑娘差不多同時參拜完畢。

姑娘直勾勾地望著千重子。

「你在禱告什麼？」千重子問她。

「你都看到了？」姑娘的聲音有點顫抖。「我希望知道姐姐的下落……你就是我的姐姐。是神靈讓咱們見面的。」姑娘的眼睛裡噙滿了淚水。

不錯，她就是那北山杉村的姑娘。

懸掛在御旅所的虔誠者敬獻的燈籠，以及參拜者供奉的蠟燭，把神前照得一片通明。姑娘的眼睛本來已經淚花花的了，所以燈光投在姑娘的臉上，反而顯得更加閃閃有光。

千重子強抑制住翻騰的感情。

「我是獨生女，沒有姐姐，也沒有妹妹！」

千重子雖這麼說，可她的臉色卻是一片蒼白。

北山杉村的姑娘抽抽搭搭地哭了起來。

「我明白了。小姐，對不起，請你原諒。」她反覆地說。「我從小一直想念著姐姐，姐姐，以致認錯了人……」

「……」

「據說我們是雙胞胎，但不知道她是姐姐還是妹妹？」

「恐怕相貌很相似吧？」

姑娘點點頭，淚珠從臉頰滾落下來。她拿出手絹，邊擦眼淚邊說：

「小姐，你是在什麼地方出生的？」

「就在這附近的批發商街。」

「是嗎，你剛才在神前禱告什麼？」

「祈願父母幸福與健康。」

「……」

「你父親呢……」千重子試問了一句。

「很早以前……在北山砍杉樹枝，從這棵樹盪到另一棵樹時，沒悠盪好，掉落下來，摔在致命的地方……這是聽村裡人說的。那時我剛出生，什麼也不知道……」

千重子受到莫大的衝擊。

她那麼喜歡到那村子去，又那麼喜歡仰望那美麗的杉山，說不定是被父親的靈魂召喚吧。

另外據這位山村姑娘說，她是孿生兒。那麼，難道這位親生父親在杉樹梢上還牽掛著被遺棄的雙生兒千重子，才不愼摔下來的？肯定是這樣的。

千重子的額上滲出了冷汗。她彷彿感到蜂擁在四條大街上的人群的腳步聲，和祇園的奏樂聲都漸漸遠去。眼前呈現一片黑暗。

山村姑娘把手搭在千重子肩上，用手絹幫千重子擦了擦額上的汗珠。

「謝謝。」千重子接過姑娘的手絹，擦了擦臉，不知不覺地將手絹掖到自己的懷裡。

「那麼，你母親呢？……」千重子小聲地問道。

「母親也……」姑娘的聲音有點哽咽，「我好像是在母親的故鄉生的，那兒是深山，比杉村還遠。不過，母親……」

千重子再也問不下去了。

從北山杉村來的姑娘，她流下來的當然是高興的淚水，眼淚一止，臉上頓時神采飛揚。

相形之下，千重子則感到心煩意亂，雙腿發顫，彷彿要使勁踏住才站得穩似的。在這種場合，她是很難馬上平靜下來的。似乎只有這個姑娘那健康的美在支撐著她。千重子豈止沒有像姑娘那樣流露出純樸的喜悅，而且眼睛裡深含著憂傷的神色。

她感到惆悵：從今以後該怎麼辦才好呢？

這時姑娘喊了一聲「小姐」，就向她伸出了右手。千重子握住她的這隻手。這是一隻粗壯的手，和千重子那隻柔嫩的手不同。然而，姑娘對此好像並不介意，她緊緊握住千重子的手說：

「小姐，再見！」

「怎麼啦？」

「啊，我很高興……」

「你叫什麼名字？」

「叫苗子。」

「苗子？我叫千重子。」

「我現在當雇工，那村子很小，只要打聽一下，馬上就會找到的。」

千重子點了點頭。

「小姐，你好像很幸福啊。」

「嗯。」

「我發誓：我不會把咱們今晚相逢的事告訴任何人。咱們的事，只有御旅所的祇園神曉得。」

也許苗子已經覺察到儘管是孿生姐妹，但彼此身份太懸殊了吧。千重子一想到這些，就無話可說了。然而，被遺棄的，難道不就是自己嗎？！

「再見，小姐。」苗子又說了一聲。「趁別人還沒發現的時候……」

千重子一陣心酸。

「我家的鋪子就在這兒附近，苗子，你哪怕打店門走過，也要來一趟呀！」

苗子搖了搖頭。

「你的家人呢？……」

「家人？只有父母親……」

「不知爲什麼，我總有這樣的感覺，你是在父母寵愛之下成長的。」

千重子拉了一下苗子的袖子。

「咱們站在這兒太久了。」

「是的。」

於是，苗子轉過身向御旅所虔誠地禱告。千重子也連忙學著苗子禱告。

「再見！」苗子說了三遍。

「再見！」千重子也說了一聲。

「我還有許多話想說，有機會到村子裡來吧。在杉林裡，誰都看不見。」

「謝謝。」

但是，她們倆不由地穿過擁擠的人群。朝著四條街大橋那邊走去。

八坂神社管區有很多居民。儘管是在宵山，而且十七日的彩車遊行已經結束，但以後的典禮活動還在繼續進行。家家敞開大門，擺上屏風等裝飾品。從前，還有的人家擺設早期浮世繪⑤、狩野派⑥、大和繪⑦以及宗達畫的一對屛風。浮世繪珍品中，也有南蠻⑧屛風，上面以雅緻的京都風俗爲背景，畫了外國人的活動情形。也就是說，表現了京都人旺盛的氣勢。

如今這些畫卷還保留在彩車上。都是些所謂舶來品，諸如中國織綿、巴黎葛布藍織綿、毛織品、金線織花錦緞、葛絲等。由於同外國貿易，在具有桃山時代風格的大花日本傘上，還增添了異國的美。

彩車內有現時名畫家畫的裝飾畫，彩車頭也有像是柱子那樣的東西，據說那是當年朱印船⑨的桅杆。

祇園咚咚鏘的奏樂聲非常單調。實際上是有二十六套音樂，它像任生狂言⑩的伴奏，也似雅樂⑪的樂聲。

在宵山上，這些彩車用成排的燈籠裝飾，奏樂聲也就顯得更加激越了。

在四條街大橋以東，儘管沒有彩車，但直到八坂神社這段路上仍然非常熱鬧。

快到大橋，千重子被人流擠來擠去，稍稍落在苗子的後頭。

苗子雖然說了三遍「再見」，可是千重子躊躇了半天：是在這兒和她分手，還是經過丸太鋪前或走到那附近告訴她是哪一家以後再別離呢？她對苗子好像已經產生了一股溫暖而親切的感情。

「小姐，千重子小姐！」剛要過大橋，忽聽得有人呼喚苗子，走過來的人就是秀男。他把苗子誤認爲是千重子了。「你上宵山看熱鬧了嗎，是一個人？……」

苗子不知如何是好。然而，她卻沒有回頭找千重子。

千重子倏地閃進人群裡去了。

「啊，天氣眞好……」秀男對苗子說。「明天大概也是個好天氣。瞧，那麼多星星……」

苗子抬頭仰望天空。在這段時間裡，她不知如何回答秀男才好。苗子當然不認識秀男。

「前些日子我對令尊實在太失禮了。不過，那條腰帶還滿意吧？」秀男對苗子說。

「嗯。」

「令尊後來沒生氣嗎？」

「嗯？」苗子摸不著頭腦，無法回答。

然而，苗子並沒有朝千重子那邊望去。

苗子無所措手足。她心想：倘若千重子願意見這個青年，她自然會主動走過來的。

這青年腦門略大，肩膀寬厚，眼睛發直，但在苗子看來，他絕非壞人。從他談到腰帶的事來看，準是個西陣的織匠。可能是由於長年累月坐在高織機上織布的緣故，體形多少有點變了。

「我也太幼稚了，竟敢對令尊的圖案評頭品足。不過，經過一晚的深思，我終於把它織出來了。」秀男說。

「……」

「哪怕繫一次也罷，你繫過了嗎？」

「嗯。」苗子含糊其辭地回答。

「還可以嗎？」

儘管橋上沒有大街那麼明亮，而且簇擁的人流幾乎堵住了他們倆的去路，苗子依然納悶：秀男爲什麼會認錯人呢。

一對孿生姐妹，如果在同一個家庭裡，受到同樣的撫育，可能會難於分清誰是誰的。可是，千重子和苗子卻過著截然不同的生活，在不同的環境中成長。苗子心想：這個青年說不定是個近視眼呢。

「千重子小姐，請允許我按照自己的構思爲你精心織一條吧！僅此一條，作爲你二十歲的紀念禮物好嗎？」

「哦，謝謝。」苗子說得吞吞吐吐。

「沒想到在祇園節的宵山上能見到你，可能是神靈保佑，附在腰帶上了。」

「……」

苗子只能認爲：千重子大概不願意讓這個青年知道她是孿生，才不走到他們倆身邊來。

「再見！」苗子對秀男說。秀男有點感到意外。

「噢，再見！」秀男回答，「腰帶還是讓我織吧，可以嗎？趕在楓葉紅了的時候……」

秀男叮問了一句，然後走開了。

苗子用眼睛尋找千重子，卻沒有找著。

在苗子看來，剛才那個青年也罷，腰帶的事也罷，都無關緊要。只有在御旅所前面能同千重子相逢，才使她感到無比高興，就如同得到神靈賜福一樣。苗子抓住橋上的欄杆，凝望著映在水面上的燈火，站了好一會兒。

然後，苗子從橋邊漫步，準備走到坐落在四條大街盡頭的八坂神社。苗子約莫走到大橋中央，突然發現千重子和兩個男青年站在那裡說話。

「啊！」

苗子不由地輕輕喊了一聲，可她沒有向他們那邊走去。

她有意無意地偷偷看了一眼他們三人的身影。

千重子在想：苗子和秀男站在那裡究竟談了些什麼呢？秀男顯然誤將苗子當作千重子，可是苗子又是怎樣同秀男對答的呢？她一定會感到很難以爲情吧？

也許千重子當時走到他們倆身邊就好了。但是，不能去。非但不能去，而且當秀男把苗子喊成「千重子小姐」的時候，自己還迅速躲閃到人群裡去了。

這是爲什麼呢？

那是因爲在御旅所前面遇見了苗子，自己心靈上受到的沖擊遠比苗子強烈得多。按苗子說，她早就知道自己是雙胞胎，所以一直在尋找我自己的孿生姐妹。但是，千重子做夢也沒想到自己是孿生的。事情來得太唐突，自己沒有能夠像苗子發現自己那樣感到歡天喜地。

再說，千重子如今聽苗子這麼一說，才第一次知道有關自己生身父母的情況：父親是從杉樹上掉下來摔死的，母親也早已離開人世。這刺痛了自己的心。

千重子過去只是偶爾聽到鄰居交頭接耳說過自己是個棄兒。自己也這樣想過。不過，自己的父母是什麼人，又在什麼地方把自己扔掉的呢？這點她盡量不去想它。即使想，也不會有結果。何況太吉郎和阿繁對自己的愛是那麼深，使自己覺得沒有必要去想它。

今晚遊宵山，聽到苗子這番話，對千重子來說，不見得是幸福。但對千重子對苗子這個孿生姐妹，似乎產生了一股溫暖的愛。

「看上去她心地比我純潔，又能幹活，身體也壯實。」千重子喃喃自語。「有朝一日，說不定她還能幫助我呢……」

於是，她在四條大街的橋上茫茫然地走著。

「千重子小姐！千重子小姐！」眞一喊她。「幹麼一個人在茫然踱步，臉色也不好呢？」

「哦，是眞一先生。」千重子猛地醒悟過來似的，「你小時候扮成童男坐在彩車上的形象多可愛呀！」

「那時可受罪啦。不過如今回想起來，倒也令人懷念啊。」

眞一身邊還有個伙伴。

「這是我的哥哥，在大學研究院學習。」

這位哥哥長相很像眞一。他莽莽撞撞地向千重子打了個招呼。

「眞一小時候膽子小，卻很可愛，長得就像個女孩子那樣漂亮，還被選去當童男，眞傻。」哥哥說罷，放聲大笑起來。

他們一直走到大橋中央，千重子瞧了瞧眞一的哥哥那副健康的臉。

「千重子小姐，今晚你的臉色很蒼白，好像有什麼傷心事呀。」眞一說。

「可能是站在大橋中央，被燈光照射的關係吧。」千重子說著，使勁踱著腳步。「再說，遊宵山的人這麼多，大家都來去匆匆，誰還會注意一個姑娘悲傷的表情呢。」

「那可不行。」眞一說著把千重子推到橋欄邊。「你稍靠一會兒。」

「謝謝。」

「河風也不大……」

千重子把手放在額頭上，微微閉上了眼睛。

「眞一先生，你當童男乘坐彩車那時候，是幾歲來著？」

「哦……算起來有七歲了。記得是進小學的頭年……」

千重子點點頭，卻默不作聲。她想擦擦額上和頸上的冷汗，一把手伸進懷裡就摸到了苗子的手絹。

「啊！」

那塊手絹被苗子的淚水濡濕了。千重子攥住它，猶豫著要不要拿出來。她終於把它揉成團，拿出來擦了擦額頭。眼淚都快要奪眶而出了。

眞一顯出詫異的神色。因爲他了解千重子的性格，她是絕不會把手絹隨便揉成團塞進懷裡的。

「千重子，你覺得熱還是涼？熱感冒就麻煩了，早點回去吧……我們送她好嗎，哥哥？」

眞一的哥哥點了點頭，他一直目不轉睛地望著千重子。

「我家很近，不必送了……」

「正因爲近，更要送了。」眞一的哥哥斷然地說。

他們三人從大橋中央往回走。

「眞一先生，你扮童男乘坐彩車遊行時，我跟著你走，你記得嗎？」千重子問。

「記得，記得。」眞一回答。

「那時還很小。」

「是很小。如果童男瞪著眼東張西望是很不像樣的。不過，我感覺到有個小女孩緊跟著彩車走。我心想，她這樣緊跟，一定累得夠嗆吧……」

「我再也不能變得那麼小了。」

「瞧你說的。」眞一輕巧地躲過了她的話鋒，心裡嘀咕著：今晚上千重子怎麼啦？

他們把千重子送到她家的店鋪門前，眞一的哥哥向千重子的父母鄭重地寒暄了一番。眞一則在哥哥的身後等候著。

太吉郎在後客廳裡同一位客人對飲祭神酒。其實談不上是喝酒，只不過是陪陪客人罷了。阿繁不時地站起來忙著侍候。

「我回來了。」千重子說。

「回來啦，還早嘛。」阿繁說著偷看了一眼女兒的神情。

千重子恭恭敬敬地向客人招呼過後，對母親說：

「媽，我回來晚了，沒能幫上您嗎？……」

「沒什麼，沒什麼。」母親阿繁向千重子輕輕遞了一個眼色，然後和千重子一起下廚房去了。因爲要搬酒罈子。

「千重子，你是不是有點不舒服，才讓人送你回來的？」

「嗯，是眞一和他哥哥……」

「怪不得。你臉色不好，走路也晃晃悠悠的。」阿繁伸手去摸了摸千重子的額頭，「倒沒發燒，可是顯得很悲傷的樣子。今晚家裡又有客人，你就跟媽一塊睡吧。」

母親說罷，溫存地摟住千重子的肩膀。

千重子強忍住奪眶欲出的淚珠。

「你先上後面樓上歇歇去吧。」

「是，謝謝媽媽……」千重子感到：母親的慈愛理開了她心頭紛亂的思緒。

「因爲客人少，你父親也感到寂寞吶。晚飯的時候，倒來了五六個人……」

然而，千重子把酒瓶端了出來。

「已經喝得相當多了，適可而止吧。」

千重子斟酒的右手顫抖不已，她用左手把它托住。儘管如此，還是微微顫動著。

今天晚上，中院那個雕有基督像的燈籠也點亮了。老楓樹樹幹上的那兩株紫花地丁也依稀可見。

花朵已經凋謝。上下兩株小小的紫花地丁大概是千重子和苗子的象徵吧？看樣子，這兩株紫花地丁以前不曾見過面，而今晚上是不是已經相會了呢？在朦朧的燈光下，千重子凝望著這兩株紫花地丁，不覺又一次噙上了眼淚。

太吉郎也覺察到千重子可能有什麼心事，不時地望著千重子。

千重子悄悄地站起來，上後面的二樓去了。平時的客房已經鋪好了客鋪。千重子從壁櫥裡取出了自己的枕頭，然後鑽進被窩裡。

爲了不讓旁人聽到自己的嗚咽聲，她把臉伏在枕頭上，雙手抓住枕頭的兩端。

阿繁走上樓來，看到千重子的枕頭都被淚水濡濕了，她連忙給千重子拿出一個新枕頭來，說：

「喏，給你。我待一會兒就來。」然後她就下樓去了。走到樓梯口，又停下腳步，回頭望了望，卻什麼話也沒說。

地板上本可以鋪三個睡鋪，卻只鋪了兩個。而且，一個是千重子的睡鋪。看樣子母親打算和千重子同睡一個鋪蓋了。

在鋪蓋底下也只擺了兩件疊好的夏布睡衣，是母親和千重子的。

阿繁替女兒鋪了睡鋪，而沒鋪自己的，本來這不算是什麼了不起的事，但千重子卻感到母親的一番苦心。

於是千重子也忍住眼淚，心情平靜了下來。

「我是這家的孩子。」

不用說千重子是遇見了苗子才突然感到心煩意亂，而又無法克制的。

千重子走到梳妝台前，照了照自己的臉。本想化化妝掩飾一下，但後來又作罷。她只拿出香水瓶來，在睡鋪上灑了幾滴，然後又把自己的窄腰帶重新繫好。

當然，她是不會輕易就入睡的。

「我是不是對苗子姑娘太薄情了？」

她一閉上眼，馬上就映出中川村那美麗的杉山。

根據苗子的敘述，千重子對自己生身父母的情況也大致了解了。

「向這家父母坦白地說出來好，還是不說出來好呢？」

恐怕連這家鋪子的父母都不了解千重子在什麼地方出生，生身父母又是誰吧。千重子雖然想到「雙親」早已不在這人間……但她再也不哭了。

從街上傳來了祇園的奏樂聲。

樓下的客人是近江長濱一帶的縐綢商，他們有點醉意，嗓門也提高了，話聲甚至斷斷續續地傳到千重子睡覺的後面二樓上。

客人似乎堅持說：彩車的隊伍從四條大街走過寬闊的現代化的河原街，然後拐到新開的御池街，是爲了所謂「觀光」才在市政府前設置觀禮席的。

從前隊伍是通過頗有京都特色的窄路；有的人家還被彩車弄壞些什麼，然而這也很有情趣。據說在二樓可以要到粽子，如今則是撒粽子。

彩車在四條大街好歹還可以全部看到，一拐進窄路，彩車下半部就不易看到了。這倒也好。

太吉郎心平氣和地解釋說：在寬闊的大街上容易看到彩車的全貌，那是很精彩的。

千重子覺得現在躺在被窩裡，彷彿還能聽到彩車大木輪拐彎時發出的聲音。

看樣子今晚上客人會在隔壁房間歇宿，千重子打算明天才把從苗子那兒聽來的一切告訴父母親。

據說，北山杉林全是私人經營，但並不是所有人家都擁有山地。擁有山地的人是不多的。千重子想：自己的親生父母大概是擁有山地的人家的雇工吧。苗子本人也曾說過：「我是當雇工的……」

這是二十年前的往事了。也許是她的父母當時不僅覺得生雙胞胎無臉見人，而且聽說雙胞胎難養，也還考慮到生活問題，所以才把千重子拋棄的吧。

……千重子有三點忘了問苗子，那就是：千重子還是嬰兒時就被拋棄，爲什麼父母拋棄她，而不拋棄苗子？父親是什麼時候從杉樹上摔下來的？苗子雖說是在她「剛生下來不久」，可是……苗子還說過，她好像是在母親的老家——比杉村更遠的深山裡出生的，那是什麼地方呢？

苗子考慮自己同被拋棄的千重子「身份懸殊」，她決不會找去千重子的。只有由千重子到她工作的地方去找她。

但是千重子無法瞞著父母偷偷地去尋找。

千重子曾多次讀過大佛次郎的名作《京都之戀》。她腦海裡浮現出書中的一段：

北山的杉林層層疊疊，漫空蘢翠，苑如雲層一般。山上還有一行行赤杉，它的樹幹纖細，線條清晰，整座山林像一個樂章，送來了悠長的林聲……

比起典禮的伴奏和節日的喧鬧來，還是重山疊巒那悠揚的音樂和森林的歌聲更能滲進千重子的心坎。她彷彿穿過北山濃重的彩虹，傾聽那音樂和歌聲……

千重子的悲傷漸漸減退。也許她本來就不是悲傷，而是同苗子邂逅而感到驚訝、慌張和困惑吧。但是，莫非女孩子命中注定，生來就是要落淚？

千重子翻了翻身，閉上眼睛，靜靜地聽著山歌。

「苗子是那麼高興，而我是怎麼回事呢？」

不大一會兒，客人和父母親都上後面二樓來了。

「請好好歇息吧。」父親對客人招呼。

母親把客人脫下的衣服疊好，然後到這邊房間裡，正要疊父親脫下的衣服，千重子就說：

「媽，我來疊。」

「你還沒睡嗎？」母親讓千重子去疊，自己躺了下來。

「眞香啊！畢竟是年輕人。」母親爽朗地說。

近江的客人也許是喝醉了酒，很快地透過隔扇傳來了鼾聲。

哩。」

「繁！」太吉郎喊了一聲在旁邊睡鋪上的妻子。「有田先生有意要把他的兒子送給我們

「當店員……還是當職員？」

「不，當養子，做千重子的……」

「這種事……千重子還沒睡著呢。」阿繁打斷了丈夫的話頭。

「知道。讓千重子聽聽也好嘛。」

「……」

「是老二，好幾次上咱家來過。」

「我不怎麼喜歡那位有田先生。」阿繁把聲音壓低，但語氣卻非常堅決。

千重子聽到的山林樂聲消失了。

「對吧，千重子。」母親向女兒那邊翻過身去。千重子睜開眼睛，卻沒有回答。沉默了好半天。千重子把足尖交疊起來，一動也不動。

「我想，有田可能想要我們這間鋪子。」太吉郎說。「再說，他十分了解千重子是個漂亮的好姑娘……自然也很清楚我們店鋪主顧的情況，以及生意的內容。咱們店鋪裡有的店員也會詳細告訴他的。」

「……」

「千重子無論長得怎麼漂亮，我也從不曾想過要拿她的婚姻去做買賣。對吧，繁？要是這樣就太對不起神靈啦。」

「那當然是。」阿繁說。

「我的性格不適合做買賣。」

「爸爸，我眞不該讓您把保羅・克利畫集這類東西帶到嵯峨尼姑庵去，實在對不起您。」

千重子站起來向父親道歉。

「不，那是爸爸的樂趣，也是爸爸的一種消遣呀。如今我才感到生活的意義。」父親也微微低下頭，「儘管這張圖案也顯不出什麼才能……」

「爸爸！」

「千重子，咱們要不乾脆把這家批發店賣掉，搬到西陣去，再不然就到寂靜的南禪寺或岡崎一帶找間小房子住下，咱們兩人設計一張和服和腰帶圖案好不好？你受得了那份貧苦嗎？」

「貧苦？什麼貧苦，我一點也不……」

「是嗎。」父親只應了一聲，很快就入睡了。可千重子卻難以成眠。

第二天早晨，她早早地醒來，打掃店前的過道，揩拭格子門和折凳。

祇園節的活動還在繼續進行。

十八日之後的進山伐木儀式，二十三日的宵山祭祀、屛風廟會，二十四日的山上遊行，此後還有慰神演出狂言，二十八日「洗轎」，然後回到八坂神社，二十九日舉行奉神祭，至此結束整個神事。

好幾座山都成了寺廟城。

名目繁多的典禮活動，使千重子安不下心來，整整一個月都忙於過節了。

①湯波半是店鋪的字號。
②殿上人，是被許可上殿的貴族。
③用火鐮打火，即祓除不祥的意思。
④御旅所是設有神壇供信徒禮拜的地方。
⑤浮世繪是日本江户時代（一六〇三～一八六七）的風俗畫。
⑥狩野派是日本古代美術的一個流派，以狩野正信爲創始人。在室町（一三九二～一五七三）中期興起，江户時代風靡一時。
⑦大和繪是平安朝（七九四～一一九二）興起的日本風景畫的一個流派。
⑧自桃山時代（一五七三～一六〇〇）至江户時代初期，描寫葡萄牙人航海到日本的風俗畫卷。
⑨朱印船，江户時代領有紅色官印許可證從事國外貿易的船隻。
⑩狂言是日本古典猿樂派生出來的劇種之一。任生狂言，亦稱任生猿樂，是一種戴假面具的啞劇，由鈴鐺、笛、大鼓伴奏，每年四月下旬在京都任生寺演出。
⑪雅樂是日本的一種宮廷音樂。

秋色

明治「文明開化」的痕跡之一，至今仍保留著的沿護城河行駛的北野線電車，終於決定要拆除了。這是日本最古老的電車。

衆所周知，千年的古都早就引進了西洋的新玩意兒。原來京都人也還有這一面哩。

可是，話又說回來，這種古老的「叮當電車」保留至今還使用，也許有「古都」的風味吧。車身當然很小，對坐席位，窄得幾乎膝蓋碰膝蓋。

然而，一旦要拆除，又不免使人有幾分留戀。也許由於這個緣故，人們用假花把電車裝飾成「花電車」，然後讓一些按明治年代風俗打扮起來的人乘上，藉此廣泛地向市民們宣告。這也是一種「典禮」吧。

接連幾天，人們沒事都想上車參觀，所以擠滿了那古老的電車。這是七月的事，有人還撐著陽傘呢。

京都的夏天要比東京炎熱。不過，如今東京已經看不見有人打陽傘走路了。

在京都車站前，太吉郎正要乘上這輛花電車，有一個中年婦女有意躲在他的後頭，像是忍住笑的樣子。太吉郎也算是個有明治派頭的人。

太吉郎乘上電車，這才注意到這個中年婦女，他有點難爲情地說：

「什麼，你沒有明治派頭嗎？」

「不過，很接近明治了。何況我家還在北野線上呢。」

「是嗎，這倒也是啊。」太吉郎說。

「什麼這倒也是啊！眞薄情……總算想起來了吧？」

「還帶了個可愛的孩子……你躲到什麼地方去了？」

「眞傻……你明明知道這不是我的孩子嘛。」

「這，我可不知道。女人家……」

「瞧你說的，男人的事才是不可捉摸呢。」

這個婦女帶著的姑娘，膚色潔白，的確可愛。她約莫十四五歲光景，穿一身夏季和服，繫上了一條紅色窄腰帶。姑娘好像要躲開太吉郎，靦靦腆腆地挨在中年婦女身旁坐下，緊閉著嘴唇。

太吉郎輕輕地拽了拽中年婦女的和服袖子。

「小千子，坐到當中來！」中年婦女說。

三人沉默了好一陣子。中年婦女越過姑娘的頭頂，向太吉郎附耳低語：

「我常想：是不是讓這孩子去祇園當舞女呢。」

「她是誰家的孩子？」

「附近茶館的孩子。」

「嗯。」

「也有人認爲是你我的孩子呢。」中年婦女以幾乎聽不見的聲音嘟噥著。

「不像話！」

這個中年婦女是上七軒茶館的老板娘。

「這孩子拉著我要到北野的天神廟去……」

太吉郎明知老板娘是在開玩笑，他還是問姑娘：

「你多大了？」

「上初一了。」

「嗯。」太吉郎望著少女說，「待來世投胎再來拜託吧。」

她到底是在煙花巷裡成長的孩子，好像都聽懂了太吉郎這番微妙的話。

「幹麼要這孩子帶你上天神廟去呢，莫非這孩子就是天神的化身？」太吉郎逗老板娘說。

「正是啊，沒錯。」

「天神是個男的呀……」

「現在已經投胎成女的了。」老板娘正經八百地說，「要是個男的，又要遭流放的痛苦了。」

太吉郎差點笑出聲來，說：「是個女的？」

「是個女的嘛……是啊，是個女的就會得到稱心郎的寵愛囉。」

「唔。」

姑娘美貌非凡，是無懈可擊的。額前那瀏海髮烏黑晶亮，那雙重眼皮實在美極了。

「她是獨生女嗎？」太吉郎問。

「不，還有兩個姐姐。大姐明春初中畢業，可能就要出來做舞女。」

「長得也像這孩子這樣標緻嗎？」

「像倒是像，不過沒有這孩子標緻。」

「……」

在上七軒，眼下一個舞女也沒有。即使要當舞女，也要在初中畢業以後，否則是不允許的。所謂上七軒，可能是由於從前只有七間茶室吧。太吉郎也不知從哪兒聽說，現在已增加到二十間茶室了。

以前，實際上是太久以前，太吉郎和西陣的織布商或地方的主顧還經常到上七軒來尋花問柳。那時候遇見的一些女子的形象，不由自主地又在他的腦海裡浮現出來。那陣子，太吉郎店鋪的買賣還十分興隆。

「老板娘，你也實在好奇，還來坐這種電車……」太吉郎說。

「做人最重要的是念舊情啊。」老板娘說，「我們家的生意有今天，就不能忘記從前的老顧客……」

「……」

「再說，今天是送客人到車站來的。乘這趟電車那是順道……佐田先生，你這才奇怪呢，獨自一個人來乘電車……」

「這個嘛……怎麼說呢？本來只想來瞧瞧這花電車就行了，可是……」太吉郎歪著腦袋說，「不知道是過去值得懷念呢，還是現在覺得寂寞？」

「寂寞？你這把年紀已經不該覺得寂寞了。我們一起走吧，去看看年輕姑娘也好嘛……」

眼看太吉郎就要被帶到上七軒去了。

老板娘直向北野神社的神前奔去，太吉郎也隨後緊緊跟著。老板娘那虔誠的禱告很長。姑娘也低頭禮拜。

老板娘折回太吉郎的身邊，說：

「該放小千子回去啦。」

「哦。」

「小千子，你回去吧。」

「謝謝。」姑娘向他們倆招呼過後就走開了，離去越遠，她的步伐就越像個中學生。

「你好像很喜歡那個孩子啊。」老板娘說，「再過兩三年就可以出來當舞女了。你就愉快地……從現在起就耐心地等著吧，她準會長成絕代佳人的啊。」

太吉郎沒有應聲。他想：既然已經走到這兒，何必不到神社的大院裡轉轉呢。可是，天氣實在太熱。

「到你那邊去歇歇好嗎？我累了。」

「好，好，我一開始就有這個打算，你已經好久沒來了。」老板娘說。

來到這古老的茶室，老板娘一本正經地招呼道：

「歡迎。眞是久違了，一向可好。我們常想念著你吶。」又說：「躺下歇歇吧，我給你拿枕頭來。哦，你剛才不是說寂寞嗎？找個老實的來聊聊天……」

「原來見過的藝妓，我可不要呀！」

太吉郎正要打盹兒，一個年輕的藝妓走了進來，靜靜地坐了一會兒。初次見面的客人，也許是很難侍候的。太吉郎心不在焉，一點也提不起說話的興趣來。藝妓也許是要逗引客人的高興，開口說：自從她出來當舞女，兩年之內，她喜歡的男人就有四十七個。

「這不正好是赤穗義士①嗎？現在回想起來，應付這四五十人也實在滑稽……大家笑了，說這些人都要鬧相思病了。」

太吉郎這才清醒過來，問道：

「現在呢？……」

「現在是一個人。」

這時候，老板娘走進了房間。

太吉郎想道：藝妓才二十歲左右，與這些男人又沒有什麼深交，難道她眞的記住「四五十」這個數字嗎？

另外，那藝妓還告訴他：當舞女的第三天，她領一個討厭的客人到盥洗間去，突然被他強行一吻。她就把他的舌頭咬了。

「咬出血了嗎？」

「嗯，當然出血囉。客人氣急敗壞地說：『快賠我醫藥費！』我哭了，事情鬧了好一陣子。不過，誰叫他惹起來的。就連這個人的名字我也忘得一乾二淨了。」

「唔。」太吉郎瞧了瞧藝妓的臉，暗自思忖：這樣一個嬌小、溜肩，十分溫柔的京都美人，那時只十八九歲，怎麼突然竟會狠心咬起人來呢？

「讓我看看你的牙齒。」太吉郎對年輕藝妓說。

「牙齒？看我的牙齒？我說話的時候，你不是已經看見了嗎？」

「我還要仔細看看呐。」

「我不願意，那多難爲情啊！」藝妓說罷閉上了嘴。片刻又說，「這怎麼行呢，先生。閉上嘴就不能說話了呀。」

藝妓那可愛的嘴角，露出了潔白的小牙齒。太吉郎揶揄地說：

「敢情是牙齒斷了，裝的假牙吧？」

「舌頭是軟的呀。」藝妓無意中脫口說出，「不來啦。再也不……」

藝妓說後，把臉藏在老板娘背後。

不大一會兒，太吉郎對老板娘說：

「既然來了，也該順便到中里那兒去看看不是。」

「嗯……中里也會高興的。我陪你去好嗎？」老板娘說著站了起來。她走到梳妝台前坐了下來，可能要整整容吧。

中里家的門面依然如故，客廳卻煥然一新。

走進來另一個藝妓，太吉郎在中里家一直呆到晚飯過後。

……在太吉郎外出這段時間裡，秀男來到太吉郎的店鋪。他說是找小姐，所以千重子出鋪面來接待他。

「祇園節期間答應給小姐畫的腰帶圖案已經畫好了，現在送來給小姐看看。」秀男說。

「千重子，」母親喊道，「快請他到上房來！」

「好吧。」

秀男在面對中院的一間房子裡，讓千重子看了兩幅圖案，一幅是菊花，綠葉扶持，構圖清新，幾乎看不出是菊葉，看來是下了一番工夫的。另一幅是紅葉。

「眞美！」千重子看得出神。

「能讓千重子小姐滿意，這是最好不過了……」秀男說，「小姐，你看織哪一幅好？」

「是啊，要是菊花，長年都能繫。」

「那麼，就織菊花吧，好嗎？」

「……」

千重子低下了頭，臉上露出了一絲愁容。

「兩幅都好，不過……」她呑呑吐吐說，「你能畫杉樹山和赤松山的圖案嗎？」

「杉樹山和赤松山？可能不太好畫，不過讓我考慮考慮。」秀男覺得奇怪，直勾勾地望著千重子的臉。

「秀男先生，請原諒。」

「原諒？有什麼可……」

「那是……」千重子不知該不該說，可是還是說了，「過節那天晚上，在四條大街的橋上，秀男先生答應給她織腰帶的那個姑娘，其實不是我，你認錯人了。」

秀男無法相信她的話，他說不出話來，現出了一副沮喪的臉，因爲他是爲千重子設計圖案才付出這麼大的心血，難道千重子就此打算完全拒絕他嗎？

倘使是那樣，千重子的言談舉止，未免有點令人不能理解。秀男好激動的心情，此刻稍微恢復了平靜。

「難道我遇見了小姐的幻影，在同千重子小姐的幻影說話嗎？以祇園節上會出現幻影嗎？」但是，秀男卻沒有說是「意中人」的幻影。

千重子的神情變得嚴肅起來，說：

「秀男先生，那時同你說話的，是我的姐妹。」

「……」

「她是我的姐妹。」

「……」

「我也是那天晚上第一次見到我的姐妹。」

「……」

「關於這個姐妹的事，我對我父母也都沒有說過呢。」

「什麼？」秀男大吃一驚。他摸不著頭腦。

「你曉得北山園木的村子吧，這位姑娘就在那兒幹活。」

「什麼？」

秀男出乎意外，幾乎連第二句話都說不出來。

「你知道中川村吧？」千重子說。

「知道，我是坐公共汽車經過……」

「請秀男先生織一條腰帶送給這位姑娘好嗎？」

「哦？」

「給她織吧。」

「哦？」秀男依舊疑惑不解，點了點頭說：「所以小姐才叫我畫赤松山和杉樹山的圖案？」

千重子點點頭。

「好吧。不過，這樣的圖案和她的生活環境是不是有點不協調啊？」

「這就要看秀男先生的手藝了。」

「……」

「她會終生都珍惜的。她叫苗子，雖不是有山林產業人家的孩子，但她非常能幹，比我這樣的人結實，堅強……」

秀男依舊感到疑惑，但還是說：

「既然是小姐吩咐，我一定精心地把它織出來。」

「我再說一遍，這位姑娘叫苗子。」

「知道了。可是，她爲什麼長得這樣像千重子小姐呢？」

「我們是姐妹嘛。」

「雖說是姐妹，可是……」

千重子還是沒有向秀男坦白她們是一對孿生姐妹。

那天晚上，姑娘們多半是穿夏節②便裝，所以秀男在燈光下，誤把苗子認作千重子。然而，這不見得就是秀男眼花的緣故吧。

那雅緻的格子門外還有一層格子門，那裡也擺上了折疊椅，而且鋪面很深。這種格局，在今天看來，也許是舊時遺留下來的痕跡。秀男覺得疑惑的是：一個富有京都風采、堂堂和服批發商的女兒，同那個在北山杉村圓木廠當雇工的姑娘怎麼會是姐妹呢？可是，這樣的問題，秀男是不應該刨根問底的。

「腰帶織好以後送到這兒來行嗎？」秀男說。

「這……」千重子想了想，然後說，「請直接送到苗子那兒去可以嗎？」

「當然可以。」

「那麼就請這樣辦吧。」她滿心誠意拜託了秀男。「只是路遠些……」

「哦，也不算太遠。」

「苗子該不知道有多高興啊！」

「她會接受嗎？」

苗子會感到莫名其妙的吧？秀男懷疑是理所當然的。

「由我來向苗子好好說明就是。」

「是嗎，那就……一定送去。她家在什麼地方呢？」

千重子也不曉得，所以她說：「苗子她家嗎？」

「嗯。」

「我打電話或者寫信告訴你。」

「是嗎？」秀男說，「與其爲另一位千重子小姐織，不如單爲小姐你織了。我一定精心織好，親自送去。」

「謝謝。」千重子低頭施禮，「拜託你啦，你覺得奇怪嗎？」

「……」

「秀男先生，這腰帶不是織給我，是織給苗子小姐的。」

「嗯，明白了。」

不大一會兒，秀男就走出店鋪，他總覺得這還是個謎。但他畢竟開始動腦子考慮腰帶的構圖。設計赤松山和杉樹山圖案，非要有相當的氣魄不可。不然，作爲千重子的腰帶，恐怕太樸素了。在秀男來說，他認爲這是千重子的腰帶。不，如果是叫苗子那位姑娘的，就得設計與她勞動生活相近的圖案，正如他曾向千重子說過的那樣。

秀男曾在四條街大橋上見過不知是「千重子化身的苗子」，還是「苗子化身的千重子」。

因此，他想到四條街大橋走走，於是就朝那邊走去。但是，烈日當頭，十分炎熱。他憑倚在橋欄杆上，閉上眼睛，想傾聽那幾乎聽不見的潺潺流水聲，而不是人潮或電車的轟鳴。

今年千重子沒去看「大字」③篝火。母親阿繁倒少有地跟著父親去了。千重子留下來看家。父親他們和附近相好的批發商把木屋町二條下茶館的房間，包租了下來。

八月十六日的「大字」，就是送神的篝火。傳說從前有這樣的風俗：夜裡將火把拋上空中，以送別到空中遊蕩的鬼魂回陰府，後來由此而演變成在山上焚火。

東山如意岳的「大字」雖是正統，其實是在五座山上焚的火。除了如意岳大字外，還有金閣寺附近大北山的「左大字」、松崎山的「妙法」、西賀茂明見山的「船形」、上嵯峨山的「牌坊形」，這五座山相繼焚起火來。在約莫四十分鐘的焚火時間裡，市內的霓紅燈、廣告燈都一齊熄滅。

千重子看見火光映照的山色和夜空，不由得感受到這是初秋的景象。

立秋前夕，比「大字」早半個月，下野神社還舉行了越夏祭神。

千重子經常邀請幾位朋友登上加茂川的堤岸，去欣賞「左大字」等。

「大字」這種儀式，千重子從小就看慣了。然而，「今年的『大字』又……」這種感情，隨著年華的增長自然而然地湧上了她的心頭。

千重子出了店門，和街坊的孩子們圍著折疊椅嬉戲耍鬧。小孩子們對「大字」之類似乎不太在意，倒是對焰火更感興趣。

但是，今年夏天的盂蘭盆節，給千重子增添了新的哀傷。因爲她在祇園節上遇見了苗子，從苗子那裡聽說親生父母早已與世長辭。

「對，明天就去見苗子。」千重子想道，「也要把秀男織腰帶的事好好告訴她……」

第二天下午，千重子穿著平淡無奇的裝束出門去了……千重子還不曾在白天裡見過苗子。

千重子在菩提瀑布站下了車。

北山村可能已是繁忙的季節。在那裡，男人們正在剝著杉圓木的皮。杉樹皮堆積如山，圍成的圈子越來越大。

千重子有點躊躇，剛邁幾步，苗子一溜煙似地砲了過來。

「小姐，歡迎你呀。實在是，實在是好……」

千重子瞅著苗子這副勞動時的模樣。

「幹完活兒了麼？」

「嗯，今天我已經請了假，因爲看見千重子小姐……」苗子氣喘吁吁地說，「咱們就在杉山裡談吧。那裡誰都不會看見的。」

說著她拽住千重子的衣袖走了。

苗子急忙把圍裙解下來，鋪在地上。丹波棉布圍裙很寬，直繞到她背後，因此足夠她們兩人並排坐下。

「請坐。」苗子說。

「謝謝。」

苗子摘下戴在頭上的手巾，用手將頭髮攏了上去。

「你來得正好。我太高興，太高興了……」苗子用閃爍的目光凝視望著千重子。

一股泥土的馥郁、草木的薰馨，也就是杉山的芬芳撲鼻而來。

「坐在這兒，下面一點也看不見啊。」苗子說。

「我喜歡美麗的杉林，偶爾也到這兒來過。不過，進到杉山裡，這還是頭一回。」千重子說著，環視了一下四周。杉樹幾乎一般粗，堅挺拔立。樹林包圍著她們倆。

「這些杉樹都是經過人工修整的。」苗子說。

「哦？」

「這些樹約莫有四十來年了。它們就要被人砍下來做柱子什麼了。要是留下不伐，也許能長上千年，既能長粗，又能長高吧。偶爾我也會這樣想。比較起來。我還是喜歡原始森林。這個村子，總之就像是在製造剪花④……」

「……？」

「在這個世界上，要是沒有人類，也就不會有京都這個城市。這一帶就可能成爲自然森林，或者草原荒野，說不定還是野鹿和山豬的天地呢。人類幹麼要在這個世界上出現？這是多麼可怕啊，人類……」

「苗子小姐，你是在考慮這樣的問題嗎？」千重子感到詫異。

「唔，偶爾……」

「苗子小姐，你討厭人嗎？」

「我最喜歡人，不過……」苗子回答，「再沒有什麼比人更可愛的了。但是，有時我在山中一覺醒來，忽然想到：如果在這個地球上沒有人類，將會成什麼樣子呢……」

「這不是隱藏在你心裡的一種厭世情緒嗎？」

「什麼厭世？我最討厭這種思想了。我每天高興、愉快地勞動……可是，人類……」

「……」

兩個姑娘所在的杉林，驟然間變得昏暗起來。

「要下驟雨啦。」苗子說。

雨水積在杉樹末梢的葉子上，變成大粒的珠子落了下來。

伴之而來的是一陣震耳欲聾的雷鳴。

「可怕，太可怕了！」千重子臉色煞白，握住了苗子的手。

「千重子小姐，請你把身子蜷縮起來。」苗子說著，趴在千重子身上，幾乎把她的整個身體覆蓋住了。

雷聲越來越淒厲、可怕。雷電交加，不時發出天崩地裂似的巨響。

這巨響彷彿衝著這兩個姑娘的頭頂壓將下來。

雨點敲打在杉樹末梢上，沙沙作響。每次閃電，一道亮光直閃到地面上，把兩個姑娘周圍的杉樹樹幹都照亮了。轉眼間，美麗而筆直的樹幹也變得令人望而生畏。不容思索，馬上又是一陣雷鳴。

「苗子，雷好像就要劈將過來啦！」千重子說著，把身子縮成一團。

「也許會劈過來。不過，不會劈到我們頭上的。」苗子加強語氣說，「決不會劈過來的！」

於是，她用自己的身子把千重子蓋得更加嚴實了。

「小姐，你的頭髮有點濕了。」苗子用手巾揩拂千重子的頭髮，然後將手巾疊成兩半，蓋在千重子的頭上。

「雨點難免要透過去的。但是，小姐，雷是決不會在小姐身上或在近旁劈下來的。」

性格剛強的千重子聽到苗子堅定的話聲，多少恢復了平靜。

「謝謝……實在太謝謝你了。」千重子說，「為了保護我，瞧你都濕透了。」

「工作服嘛，濕了也沒關係。」苗子說，「我很高興啊。」

「你腰上發亮的玩意兒是什麼啊？……」千重子問。

「噢，我倒忘了，是把鐮刀。剛才我在路邊剝杉樹皮來著，看見你就飛跑過來，所以還帶著鐮刀。」苗子這才覓察到自己腰上的鐮刀，「多危險啊！」

苗子說著，將鐮刀扔到了遠處。那是一把沒安木柄的小鐮刀。

「等回去時再撿吧。不過，我不想回去……」

雷聲彷彿從她們倆的頭上掠過。

千重子腦子裡清晰地印上了苗子用身體覆蓋自己的形象。

儘管是夏天，然而山裡下過這場驟雨後，還是令人感到連手指尖都有點冰涼了。但千重子從頭到腳都被苗子覆蓋住，苗子的體溫在千重子的身上擴散開去，而且深深地滲透到她的心底。這是一股不可名狀的至親的溫暖。千重子感到幸福，安詳地閉上了眼睛。

「苗子，太謝謝你了。」過了一會兒，千重子又說了一遍，「在母親懷裡，你也是這樣護著我的吧。」

「那個時候，恐怕是彼此擠來踢去的吧。」

「或許是吧。」

千重子笑了，笑聲裡充滿了骨肉之情。

驟雨和雷鳴都過去了。

「苗子，實在太謝謝你……可以起來了吧。」千重子轉動一下身子，想從苗子的掩護下站起來。

「哦，不過，還是再等一會兒才好。積在杉樹葉上的雨點還在滴呢……」苗子掩蓋著千重子，千重子用手去摸苗子的後背。

「全濕了，你不冷嗎？」

「我習慣了，沒什麼。」苗子說，「小姐來了，我很高興，全身暖融融的。你也有點濕了。」

「苗子，爸爸是從這附近的杉樹上摔下來的吧？」千重子問。

「不清楚。那時我也是個嬰兒。」

「媽媽的老家呢？……外公外婆還健在嗎？」

「我也不清楚。」苗子回答。

「你不是在媽媽老家長大的嗎？」

「小姐，你幹麼要打聽這些事呢？」

千重子被苗子這樣嚴肅的詢問，嚇的把話也咽回去了。

「小姐，你是不會有這樣的家人的。」

「……」

「只要你把我看作姐妹，我就很感謝了。在祇園節時，我講了一些多餘的話。」

「不！我很高興。」

「我也……不過，我也不想去小姐的店鋪。」

「你來呀，我一定好好招待你，我還要跟父母說……」

「不，我不能去，」苗子斬釘截鐵地說。「假使小姐有今天這樣的困難，我縱然冒死也要掩護你……你理解我的心情嗎？」

「……」千重子感動得幾乎落下淚來。「聽我說，苗子，節日那天晚上你被人家誤認爲是我，很不自在吧？」

「嗯，就是跟我談腰帶的那個人嗎？」

「那個小伙子是西陣腰帶鋪的織匠，爲人很實在……他說要給你織條腰帶嗎？」

「那是因爲他把我錯看成小姐了。」

「前些日子，他把腰帶圖案拿來給我看，我就告訴他：那不是我，而是我的姐妹的。」

「什麼？」

「我還拜託他爲苗子姐妹織一條呢。」

「爲我？……」

「他不是已經答應給你織了嗎？」

「那是因爲他認錯人了呀。」

「我也請他織了一條，另一條是織給你的。作爲姐妹的紀念……」

「我？……」苗子嚇了一跳。

「不是在祇園節時應答的嗎？」千重子溫柔地說。

掩護過千重子，苗子的身體變得有點僵硬，一動也不動了。

「小姐，在你有困難的時候，無論什麼困難，我都高興幫助你解決。不過，要我替你接受禮物，那我可不願意！」苗子毅然地說。

「這樣做未免太薄情了。」

「我又不是你的化身。」

「是我的化身。」

千重子不知如何說服苗子才好。

「我送給你，你也不願意接受嗎？」

「……」

「我請他織，是要送給你的呀。」

「事實有點出入吧。記得在節日晚上，他認錯了人，是說要送腰帶給千重子小姐的嘛。」苗子頓了頓又說。「那位腰帶鋪的人，織腰帶的人好像非常傾慕你呀。我畢竟是個女孩子，我懂得這點。」

千重子有點羞怯，說：

「那樣的話，你就不願意要嗎？」

「……」

「我請他織，是說要送給我姐妹的嘛。可是……」

「那麼，我就接受吧，小姐。」苗子乖乖地屈服了。「我淨說些不必要的話，請你原諒。」

「他要把腰帶送到你家裡，你住在哪家呢

「一個叫村瀨的家。」苗子回答，「腰帶一定很高級吧。像我這樣的人，能有機會繫它嗎？」

「苗子，一個人的前途是難以預料的啊！」

「嗯，可能是吧。」苗子點點頭，「我也沒想要出人頭地，不過……即使沒機會繫，我也會珍視它的。」

「……」

「我們店裡很少經銷腰帶。不過，我要爲你挑一件和服，能配得上秀男先生織的腰帶。」

「我父親有點古怪，近來漸漸討厭起做買賣來了。我們家嘛，經銷各種布料的雜貨批發店，不可能淨賣好料子；再說，現在化纖品和毛織品也多起來……」

苗子抬頭望著杉樹的梢頂，然後離開千重子的脊背，站起身來。

「還有雨點，不過……小姐，讓你受委屈了。」

「不，多虧你……」

「小姐，你似乎也該幫忙料理店鋪啊。」

「我？……」千重子好像挨了打似的，站了起來。

苗子身上的衣服已經濕透，緊緊地貼在肌膚上。

苗子沒有送千重子到汽車站。與其說是因爲全身被淋濕了，不如說是怕引人注目。

千重子回到店裡，母親阿繁正在通道土間的緊裡頭，給店員們準備點心。

「回來啦。」

「媽，我回來了。回來晚了……爸爸呢？」

「在手製幕帘後面。他好像在思考什麼問題。」母親直勾勾地望著千重子，「你上哪兒去了？衣服又濕又皺，快去換吧。」

「好吧。」千重子上了後面樓上，慢條斯理地把衣服撩下來稍坐片刻，然後再下樓來。母親已經把三點鐘那頓點心給店員們分發完了。

「媽！」千重子用帶顫抖的聲說，「我有話想跟媽單獨談……」

阿繁點頭道：「上後面二樓吧。」

這麼一來，千重子變得有點拘謹了。

「這裡也下驟雨了嗎？」

「驟雨？沒下驟雨啊。你是想談驟雨的事嗎？」

「媽，我上北山杉村去了。在那裡，住著我的姐妹……不知是姐姐還是妹妹，總之我們倆是雙胞胎。在今年的祇園節上，我們第一次見面。據說我的生身父母早就不在人世了。」

這些話對阿繁來說，當然是一個意外的打擊。她只顧呆呆地盯著千重子的臉：「北山杉村？……是嗎？」

「我不能瞞著媽媽。我們只見過兩面，就是在祇園節那天和今天……」

「是個姑娘吧，她現在生活怎樣？」

「在杉村的一戶人家裡當雇工，幹活。是個好姑娘。她不願上咱家來。」

「唔。」阿繁沉默了片刻，說，「你既然了解了也好。那麼，你是……」

「媽，我是您的核子，請您跟過去一樣把我當做您家的孩子吧！」千重子變得認眞起來。

「那當然囉，二十年前你早就是我的孩子了。」

「媽！……」千重子把臉伏在阿繁的膝蓋上。

「其實媽早就發覺你打去看祇園節以後就經常一個人在發愣，媽還以為你有了意中人，一直想問問你吶。」

「……」

「把那姑娘帶到咱家來，讓媽看看好嗎？等店員下班以後，或者在晚上都行。」

千重子伏在母親的膝上輕輕地搖了搖頭。

「她不會來的。她還管我叫小姐呢……」

「是嗎？」阿繁撫摸著千重子的頭髮說，「還是告訴媽好。那姑娘很像你嗎？」

丹波罐裡的鈴蟲又開始吱吱地叫了起來。

---

①日本元祿十五年（即一七〇三年），兵庫縣赤穗地方的四十七名武士爲了替一個封建主報仇，殺了另一個封建諸侯。德川幕府爲了懲罰武士「犯上」，強迫他們剖腹自殺，埋在泉岳寺裡。

②日本民間迷信，夏季爲了祈求豐收、免病除災而舉行的祭祀。

③每年八月十六晚在京都如意岳上燃點的「大」字形篝火。

④剪花，是剪下的帶莖鮮花，用以供佛或插花。

松林的翠綠

聽說南禪寺附近有所合適的房子出售，太吉郎想趁秋高氣爽散步之便出去看看。於是，帶了妻子和女兒同去。

「你打算買嗎？」阿繁問。

「看看再說吧。」太吉郎馬上不耐煩地說。

「聽說價錢比較便宜，就是房子小了點兒。」

「……」

「就是不買，散散步也好嘛。」

「那倒是。」

阿繁有點不安。他是不是打算買了那所房子後，每天都到現在這家店鋪來上班呢？——和東京的銀座、日本橋一樣，在中京的批發商街有許多老板另外購置房子，然後到店裡上班的。若是這樣，那還好，說明丸太的生意雖已日趨蕭條，但手頭還是寬裕，可以另外購置一所房子。

太吉郎是不是準備把這間店鋪賣掉，然後在那所小房子裡「養老」呢？或者可以說，他也趁手頭還寬裕，早早下決心呢。要是這樣，丈夫在南禪寺附近的小房子裡打算幹什麼，又怎麼生活下去呢？丈夫已年過半百，她很想讓他稱心如意地過過日子。店鋪是很值錢的。雖然那樣，單靠利錢生活，恐怕也是維持不了的。要是有誰能好好運用這筆錢生息，那麼生活也就會過得很舒適了。可是，阿繁一時又想不起有那種人來。

母親雖然沒有把這種不安的心情吐露出來，但女兒千重子是很理解她的。千重子年輕。她看著母親，眼睛裡閃現了安慰的神色。

可是話又說回來，太吉郎是明朗而快活的。

「爸爸，要是經過那一帶，咱們繞到青蓮院去一趟好嗎？」千重子在車上請求說，「只是在入口前面……」

「是樟樹吧，你想看樟樹嗎？」

「是啊。」父親猜中了，千重子不禁有點吃驚，說，「是想看樟樹啊。」

「走吧，走吧。」太吉郎說，「我年輕時候，也常同朋友在那棵大樟樹底下聊天呢。不過，這些朋友都已經不在京都了。」

「……」

「那一帶每個地方都是令人依戀的啊！」

千重子使父親勾憶起了年輕時代的往事。

「離開學校以後，我也不曾在白天裡看過那棵樟樹。」千重子說，「爸爸，您知道晚上遊覽車的路線嗎？在參觀廟宇方面，安排了一個青蓮院，遊覽車一開進去，就有幾個和尚拎著提燈出來迎接。」

和尚舉起提燈照著。要領到大門口，還有相當長一段路程。但是，可以說這是來這兒遊覽的唯一的情趣。

根據遊覽車的導遊介紹，青蓮院的尼僧們是會備淡茶招待的。可是當他們被讓到大廳來時，卻滿不是那麼回事。

「招待倒是招待了，不過，那麼多人，他們只端上一個上面放滿粗糙茶杯的大橢圓形木盤，就匆匆走開了。」千重子笑了，「也許尼姑也混雜在一起，快得連眼也沒眨一眨就……眞是大失所望，茶都是半涼不熱的。」

「那也沒法子啊。太周到了，不是花費時間嗎？」父親說。

「嗯。那還好。照明燈從四面照著這寬闊的庭院。和尚走到庭院中間，站著演講起來。雖是在介紹青蓮院，卻是了不起的高談闊論。」

「……」

「進廟之後，不知從哪兒傳來了琴聲。我問朋友，那究竟是原奏呢還是電唱機放的……」

「唔。」

「然後就去看祇園的舞妓，在歌舞排練場上跳它兩三個舞。喏，那個叫什麼舞妓來著？」

「是什麼樣子的？」

「繫垂帶①的，可衣衫卻很寒磣。」

「哦。」

「從祇園走到島原的角屋去看高級藝妓吧。高級藝妓的衣裳，才是貨眞價實的呢。侍女們也……在粗大的蠟燭照明下，喏，舉行叫做什麼互換酒杯的儀式，來表示山盟海誓。最後在門口的土間，還讓我們看了看高級藝妓的旅途裝束。」

「嗯。就是只給看看這些，也已經夠好的了。」太吉郎說。

「是啊。青蓮院和尙拎著提燈相迎和參觀島原角屋的高級藝妓這兩個節目倒是滿好的。」千重子答道，「我記得這些事，好像從前曾說過……」

「什麼時候也帶媽去看看吧，媽還沒有看過角屋的高級藝妓吶。」

母親正說著，車子已經到達青蓮院前了。

千重子爲什麼想到要看樟樹呢？是因爲她曾經在植物園的樟樹林蔭散過步，還是因爲她曾講過北山的杉林是人工培育，她喜歡自然成長的大樹呢？

可是，青蓮院入口處的石牆邊上，只種著四株成排的樟樹。其中跟前那株可能是最老的。

千重子他們三人站在這些樟樹前凝望著，什麼話也沒說。定睛一看，只見大樟樹的枝椏以奇異的彎曲姿態伸展著，而且互相盤纏，彷彿充滿著一種使人畏懼的力量。

「行了吧，走吧。」

太吉郎說著，邁步向南禪寺走去。

太吉郎從腰包裡掏出一張畫著通往出售房子那家的路線圖，一邊看一邊說：

「喏，千重子，爸爸對樹木不太在行，這是不是南國的樟樹，生長在氣候溫暖的地方呢？在熱海和九州一帶都盛產吧？這裡的樟樹，雖說是老樹，但令人感到好像是大盆景一樣。」

「這不就是京都嗎？不論是山、是河，還是人，都……」千重子說。

「噢，是嗎？」父親點了點頭，又說，「不過，人也不盡都是那樣的啊。」

「……」

「不論是當代人，還是歷史人物……」

「這倒也是。」

「照千重子說，日本這個國家不也是那樣嗎？」

「……」千重子覺得父親把問題扯遠，似乎也自有道理。她說，「不過，爸爸，細看的話，不論是樟樹樹幹也罷，奇特地伸展著的枝椏也罷，都令人望而生畏，彷彿潛在著一股巨大的力量，不是嗎？」

「是啊。年輕姑娘也會想到這種問題嗎？」父親回頭看了看樟樹，然後目不轉睛地望著女兒說，「你講得有道理。萬物就像你那頭亮烏烏的頭髮，都在發展……爸爸的腦袋瓜不靈啦，老糊塗啦！不，你讓我聽到了一番精彩的談話。」

「爸爸！」千重子充滿強烈的感情呼喊了父親。

從南禪寺的山門往寺院境內望去，顯得又寧靜又寬廣。和往常一樣，人影稀少。

父親一邊看通往出售房子那家的路線圖，一邊往左邊拐彎。那家的房子看上去確實很窄小，它坐落在高高的土圍牆的深處。從窄小的便門走到大門，道路兩旁綻開了一長溜胡枝子白花。

「噢，眞美啊！」太吉郎在門前佇立，欣賞著胡枝子白花，看得都入迷了。他原先是爲了買房才來看這所房子的，但現在他已經失去了這份心情。因爲他發現貼鄰稍大的那間房子，已經做了飯館兼旅館。

然而，成溜胡枝子白花卻令人流連忘返。

太吉郎好些日子沒上這一帶來。南禪寺前附近大街的住家，大多已變成了飯店兼旅館，他震驚之餘，才看到了花。當中有的旅館已改建成能接待大旅行團，從地方來的學生們熙熙攘攘地進出其間。

「房子挺好，可就是不能買。」太吉郎在種著胡枝子白花那家門前自語道。

「從發展趨勢來看，整個京都城可能用不了多久，就像高台寺一帶那樣，都要蓋起飯店旅館啦……大阪、京都之間變成了工業區，西京②一帶交通不便，這倒還好，但那附近還有空地，誰又能保證今後不在那附近蓋起怪里怪氣的時新房子呢……」

父親臉上露出了失望的神色。

太吉郎或許是對那一溜胡枝子白花戀戀不捨吧，走了七八步，又獨自折回去再觀賞一番。

阿繁和千重子就在路上等他。

「花開得眞美啊！可能在種法上有什麼秘訣吧。」太吉郎回到她們倆人身邊，「倘使能用竹子支撐起來就好了，可是……下雨天，過往的人可能會被胡枝子葉弄濕，不好走鋪石路哩。」

太吉郎又說：「如果屋主想到今年胡枝子會開得更美麗，他大概也不捨得賣掉這所房子的吧。可是到了非賣不可的時候，恐怕也就顧不上胡枝子花是凋謝還是紛亂了。」

她們倆沒有搭腔。

「人嘛，恐怕就是這樣子了。」父親的臉多少失去了光澤。

「爸爸，您這樣喜歡胡枝子花嗎？」千重子爽朗地問道，「今年已經來不及了，明年讓千重子來替爸爸設計一張胡枝子小花紋畫稿吧。」

「胡枝子是女式花樣，哦，是婦女夏裝的花樣啊。」

「我要試試把它設計成既不是女式，也不是夏裝的花樣。」

「噢，小花紋什麼的，打算做內衣嗎？」父親望著女兒，用笑支吾過去，「爸爸為了答謝你，給你畫張樟樹圖案做和服和外掛。你穿起來準像妖精……」

「……」

「簡直把男女式樣全給顚倒了。」

「沒有顚倒嘛。」

「你敢穿那件像妖精的樟樹圖案和服上街嗎？」

「敢，去什麼地方都敢……」

「唔。」

父親低下頭在沉思。

「千重子，其實我也並不是喜歡胡枝子白花，任何一種花，每每由於賞花的時間和地點各異，而使人的感觸也各有不同。」

「那是啊。」千重子回答，「爸爸，既然已經來到這兒，龍村就在附近，我想順便去看看看……」

「嘿，那是做外國人生意的鋪子……繁，你看怎麼辦好？」

「既然千重子想去……」阿繁爽快地說。

「那就去吧。不過，龍村可沒什麼腰帶賣……」

這一帶是下河原町的高級住宅區。

千重子一走進店鋪，就熱心地觀看成溜掛在右邊、重疊著的女服綢料。這不是龍村的織品，而是「鍾紡」的產品。

阿繁走過來問：「千重子也打算穿西裝嗎？」

「不，不，媽媽。我只是想了解了解，外國人到底都喜歡什麼絲綢。」

母親點點頭。她站在女兒的後面，不時伸手去摸那些綢料。

仿古代書畫斷片——以正倉院書畫斷片爲主的織品，掛滿了正中的房間和走廊。

這是龍村的織品。太吉郎多次參觀過龍村織品展覽，還看過原來的古代書畫斷片和有關目錄，腦子裡有印象，都叫得上它們的名字，可是他還是一再仔細參觀。

「這是爲了讓西方人知道，日本也能織出這樣的織品。」認識太吉郎的店員說。

這些話，太吉郎以前來的時候也聽說過，但現在聽了還是點頭表示贊同。即使是模仿中國的，他也說：「古代眞了不起啊……恐怕上千年了吧。」

在這裡陳列的仿古代大書畫斷片是非賣品……也有織成婦女腰帶的，太吉郎曾買過幾條自己喜歡的送給阿繁和千重子。不過，這個商店是做洋人生意的，沒有腰帶出賣。最大的商品就是大桌布，如此而已。

此外，櫥窗裡還陳列著袋、囊一類東西和錢包、煙盒、方綢巾等小玩意兒。

太吉郎索性買了兩三條不像是龍村出品的龍村領帶，還有「揉菊」錢包。「揉菊」就是在織物上仿製光悅③在鷹峰做的所謂「大揉菊」紙製手工藝產品，手法比較新穎。

「類似這種錢包，現在在東北一些地方也還有，用結實的日本紙做的。」太吉郎說。

「哦，哦。」店員應著，「它同光悅有什麼聯繫，我們不太了解……」

在裡頭的櫥窗裡擺著索尼牌小型收音機，連太吉郎他們也感到吃驚。這些委託商品，儘管是爲了「賺取外匯」，但也未免太……

他們三人被請到裡面的客廳喝茶，店員告訴他們，曾有好幾個外賓在這些椅子上坐過。玻璃窗外，有一片杉樹叢，面積不大，卻很稀罕。

「這叫什麼杉呢？」太吉郎問。

「我也不曉得……大概是叫什麼廣葉杉吧。」

「哪幾個字呢？」

「有的花匠不識字，不一定可靠，好像是廣大的廣，樹葉的葉吧。這種樹多半是本州以南才有。」

「樹幹是什麼顏色？……」

「那是青苔。」

小型收音機響了。他們掉回頭去，只見有個年輕人在給三四個西方婦女介紹商品。

「呀，是眞一先生的哥哥啊。」千重子說著站了起來。

眞一的哥哥龍助也向千重子這邊靠過來。千重子的雙親坐在客廳椅子上，龍助向他們施了個禮。

「你接待那些婦女？」千重子說。雙方一接近，千重子就感到這位哥哥和比較隨便的眞一不同，他給人一種咄咄逼人的感覺，使人難以同他搭話。

「不算什麼接待，我是給她們當翻譯跑跑腿，因爲那位擔任翻譯的朋友，他妹妹死了，我替他幹三四天。」

「哦？他的妹妹……」

「是啊。比眞一小兩歲。是個可愛的姑娘……」

「……」

「眞一的英語不太好，又害羞，所以只好由我……本來這家商店是不需要什麼翻譯的……何況這些客人在這家商裡只買小型收音機之類東西，她們是住在首都飯店裡的美國太太。」

「是嗎？」

「首都飯店很近，她們是順便來看看的。如果她們能仔細看看龍村的織品就好了，可惜她們只顧看小型收音機了。」龍助低聲笑了笑，「當然願看什麼全聽她們的便。」

「我也是頭一回看到這裡陳列收音機。」

「不論是小型收音機還是絲綢，都要收美鈔。」

「嗯。」

「方才到院子裡去，看到池裡有色彩繽紛的鯉魚，我還想：如果她們詳細問起這個，該怎麼說明才好呢。可是她們只是誇誇鯉魚好看就了事，無形中幫了我的大忙。關於鯉魚的知識，我知道的不多。鯉魚的各種顏色，用英語該怎麼說才確切，我也不曉得，還有帶斑紋的彩色鯉魚……」

「……」

「千重子小姐，我們去看看鯉魚好嗎？」

「那些太太怎麼辦？」

「讓店員去照應她們好囉。也快到時間，該回飯店喝茶了。據說她們已同她們的先生約好，要到奈良去。」

「我去跟父母親說一聲就來。」

「噢，我也得去跟客人打個招呼。」龍助說罷，走到婦女那邊，跟她們講了些什麼。婦女們一齊把目光投向千重子。千重子臉上頓時飛起一片紅潮。

龍助立即折回來，邀千重子到庭院去。

倆人坐在池邊，望著美麗的鯉魚在池中游來游去，沉默了半晌。龍助冷孤丁地說了一句：

「千重子小姐，你可以給你家的掌櫃……哦，現在是公司的什麼專務、常務來點厲害的臉色瞧瞧嗎？這套千重子小姐會吧？需要的話，我也可以給你助助威……」

這太意外了，千重子感到萬分惶恐。

從龍村回來的當天夜裡，千重子做了一個夢——成群色彩斑駁的鯉魚，向蹲在池邊的千重子腳下聚攏過來，相互擠在一堆，有的縱身跳躍，也有的把頭探出水面。

只是這樣一個夢。而且都是夢見白天發生的事情。千重子把手伸進池水裡，輕輕撥動了一下，鯉魚就這樣迅速聚攏過來了。千重子有點愣然，對鯉魚群產生了一股無可名狀的愛憐之情。

身邊的龍助，似乎比千重子更加感到驚愕。

「你的手有什麼香味……或者靈氣吧。」龍助說。

千重子感到羞澀，站起來說：「或許是鯉魚不怕人的緣故。」

然而，龍助目不轉睛地盯著千重子的側臉。

「東山就在眼前了。」千重子避開了龍助的目光。

「哦，你不覺得山色與往常有些不一樣嗎？已經像秋天……」龍助應道。

在鯉魚夢裡，龍助在不在身旁呢？千重子夜半醒來，已經記不清了。她久久難以成眠。

龍助勸千重子給店裡的掌櫃「來點厲害的臉色瞧瞧」，可是第二天，千重子卻感到難以啓齒。

店鋪快要打烊時，千重子在帳房前坐下。這是一間古色古香的帳房，四周用低矮的格子圍上。植村掌櫃覺察到千重子異乎尋常的舉止，便問道：

「小姐，有什麼事嗎？……」

「請讓我看看衣服布料。」

「小姐的？……」植村如釋重負似地說，「小姐要穿自家店鋪的布料嗎？現在要選，就選過年穿的吧，是要做會客服還是長袖和服呢？哦，小姐過去不都是從岡崎或者雕萬那樣的染店買的嗎？」

「我想看看自家的友禪。不是過年穿的。」

「嗯，那倒不少。但不知眼前這些是不是能使小姐稱心？」植村說著站起身子，喚來了兩個店員，耳語幾句，然後三個人搬出十幾匹布料熟練地在店鋪當中攤開讓千重子看。

「這樣的好。」千重子立即決定下來。「能在五天或一周內連夾袍下擺裡子都請人縫好嗎？」

植村倒抽了一口氣，說：「這要得太急了，我們是批發店，很少把活兒拿出去請人縫。不過，行啊。」

兩名店員靈巧地將布匹捲好。

「這是尺寸。」千重子說著，把一張條子放在植村的桌面上。但是，她並沒有走開。

「植村先生，我也想學學，了解了解我們家的買賣情況，請您多指點啊。」千重子用懇切的語氣說過之後，微微點了點頭。

「哪裡的話。」植村臉部的表情頓時僵硬起來。

千重子平靜地說：

「明天也行，請您讓我看看帳簿。」

「帳簿？」植村哭喪著臉說，「小姐要查帳嗎？」

「談不上什麼查帳，我還不至於這樣狂妄。不過，不看看帳簿，我無法了解我們家買賣的情況呀。」

「是嗎。有好幾種帳簿，還有一種應付稅務局的帳簿。」

「我們家搞了兩本帳？」

「哪兒的話，小姐。要是可以僞造帳目，那還得請你小姐來造吶。我們是光明正大的。」

「明天給我看吧，植村先生。」千重子乾脆地說過之後，從植村面前走開了。

「小姐，在你出生前，這個店鋪就一直是我植村料理的哩……」植村說完，千重子連頭

也不回。植村用幾乎聽不見的聲音又說，「這是什麼意思。」然後，他輕輕咂了咂舌頭，

「唉，腰眞痛啊。」

千重子來到母親跟前，母親正準備晚飯，簡直給她嚇壞了。

「千重子，你的話可厲害啊！」

「哦，您嚇壞了嗎，媽媽？」

「年輕人，看起來挺老實的，不過也眞可怕呀！媽嚇得都發抖了。」

「也是人家給我出的點子。」

「什麼？是誰？」

「是眞一先生的哥哥，在龍村……他告訴我，眞一先生那裡，他父親的生意很興隆，店

裡有兩個好伙計，他說要是植村不幹，他們可以調一個給我們，甚至還說他自己也來幫忙。」

「是龍助說的？」

「嗯。他說反正要經商，大學院也可以隨時不上……」

「哦？」阿繁望著千重子活潑美麗的臉。

「不過，植村先生倒沒有不做的意思……」

「他還說，在種著胡枝子白花那戶人家附近，若有好房子，他也想讓他父親買下來。」

「唔，」母親一時幾乎說不出話來。「你父親好像有點厭世思想。」

「人家說爸爸這樣不是挺好嗎？」

「那也是龍助說的？」

「是啊。」

「……」

「媽，剛才您或許都看到了，我請求您同意把咱店裡的一塊和服料子送給那位杉村姑娘，好嗎？」

「好，好，還送件外掛怎麼樣？」

千重子避開了母親的視線。她眼睛裡包了一汪淚水。

爲什麼叫高機呢？不言而喻，就是因爲它是高架手織機。一說是：由於手織機安放在挖得很淺的地面上，地裡的潮氣對絲有好處，所以叫高機。原先有人坐在高機上，現在還有人把沉重的石頭裝進籃子裡，然後吊在高機旁邊。

此外，也還有些紡織作坊兼用這種手工織機和機械織機。

秀男家只有三台手織機，分別由兄弟三人使用，父親宗助偶爾也織織，因此在這小紡織作坊比比皆是的西陣，他們的家境還算過得去。

千重子委託織的腰帶快接近完成，秀男也就越發高興了。這固然是因爲自己傾以全力的工作快要完成，但更重要的是，由於在梭子穿梭、織機發出的聲響中，包含了千重子的音容笑貌。

不，不是千重子，是苗子。不是千重子的腰帶，是苗子的腰帶。然而，秀男在紡織的過程中，只覺得千重子和苗子變成一個人了。

父親宗助站在秀男身旁，久久地盯著腰帶說：

「哦，是條好腰帶。花樣眞新穎啊！」說著他歪歪腦袋問道，「是誰的？」

「是佐田先生的千金千重子小姐的。」

「花樣誰設計的？」

「千重子小姐想出來的。」

「哦，是千重子她……眞的嗎？嗯。」父親倒抽了一口氣，望著還在織機上的腰帶，並用手去摸了摸，「秀男，織得很有功夫呀，這樣就行了。」

「……」

「秀男，我以前也跟你講過，佐田先生是我們的恩人啊。」

「知道了，爹。」

「唔，我是講過啦。」宗助還是反覆地說，「我是從織布工白手起家，好不容易才買到一台高機，有一半錢還是借來的。所以每次織好一條腰帶就送到佐田先生那兒去；只送一條難以爲情，總是在夜裡悄悄送去……」

「……」

「佐田先生從沒表示過難色。後來織機發展到三台，總算還……」

「……」

「儘管如此，秀男，還有個身份不同啊。」

「這我明白，您幹麼要說這些呢？」

「因爲我覺得你好像很喜歡佐田家的千重子小姐……」

「原來是這個。」秀男又動起停住的手腳繼續織下去。

腰帶一織好，秀男趕緊把它送到苗子所在的杉村去了。

一個下午，北山的天際出現了好幾次彩虹。

秀男抱著苗子的腰帶一走上馬路，彩虹就跳入了他的眼帘。彩虹雖寬大，色彩卻很淡雅，還沒有完全劃出弓形來。秀男停住腳步，抬頭仰望，只見彩虹的顏色漸漸淡去，彷彿要消失的樣子。

說也奇怪，在汽車進入山谷以前，秀男又兩次看到類似的彩虹。前後三次，彩虹也都還沒有完全成弓形，有些地方總顯得淡薄些。本來這是常見的彩虹現象，可是秀男今天卻有點放心不下，他心裡總嘀咕：「噢，彩虹是吉利的象徵呢，還是兇邪的標誌？」

天空沒有陰沉下來。進入山谷後，類似的淡淡的彩虹，好像又出現了。但它被清瀧川岸邊的高山擋住，難以看清楚。

秀男在北山杉村下車後，苗子依然穿著勞動服，用圍裙擦了擦自己的濕手，馬上跑了過來。苗子剛才在用菩提沙（毋寧說類似紅黃色的粘土）精心地洗擦杉圓木。

雖然還只是十月，山水可也冰涼了。杉圓木在一條人工挖的水溝裡漂浮著，水溝的一頭有個簡單的爐灶，熱水可能就是從那裡流下來的，冒起了騰騰的熱氣。

「歡迎你到這深山老林裡來。」苗子彎腰施了禮。

「苗子小姐，答應替你織的腰帶終於織好，給你送來了。」

「這是代替千重子小姐接受的吧，我再也不願意當替身了。今天光見見你就滿好的了。」苗子說。

「這條是我答應給你織的。而且又是千重子小姐設計的。」

苗子低下頭說：「秀男先生，不瞞你說，前天千重子小姐店裡的人把我的和服乃至草屐全都給我送來了，可是這些東西，我什麼時候才穿得著呢。」

「二十二日的時代節穿吧。你出不去嗎？」

「不，可以出去。」苗子毫不猶豫地說，「現在在這兒可能會被人看見的。」

她好像正在思索什麼，然後又說道：「可以到河邊小石灘上走走嗎？」

這會兒，哪能跟上次同千重子兩人躲進杉山裡那樣呢。

「秀男先生織的腰帶，我會把它看作是一生的珍寶。」

「哪裡，我還要爲你織的。」

苗子連話都說不出來了。

千重子給苗子送和服這件事，苗子寄居的人家自然全都知道了。因此，即使把秀男帶到那家去也未嘗不可。但是，苗子自幼思念同胞姐妹，當她大體了解了千重子現在的身份和她家的店鋪情況以後，也就心滿意足了。她不願再爲一些小事給千重子增添煩惱。

不過，撫養苗子的村瀨家擁有杉林產業，這在此地也算是不錯的，而且苗子還不辭辛苦地爲他們幹活，所以即使被千重子知道了，也不至於給他們增加麻煩。也許有杉林產業的人，要比那中等規模的衣料批發商殷實得多。

但是，苗子卻打算今後對於同千重子頻繁接觸、加深往來的事，更要愼重行事。因爲千重子的愛情已經滲入她的身心……

由於這個原因，苗子才邀秀男到河邊小石灘上去。在清瀧川的小石灘上，凡能種植的地方都種著北山杉樹。

「實在冒昧，請你原諒。」苗子說。她畢竟是個女孩子，想快點看到腰帶。

「杉山眞美啊。」秀男抬頭望了望山，然後打開布包袱皮，解下紙繩。

「這裡是背後結成鼓形的地方。這段打算放在前面……」

「哎喲！」苗子捋了捋腰帶，一邊看一邊說，「把這樣的腰帶送給我，實在不敢當啊。」苗子的眼睛裡閃出了光彩。

「年輕人織的，有什麼不敢當的呢。新年也快到了，畫赤松和杉樹還算合時。我本來想把赤松放在後面結成鼓形，可是千重子小姐卻說應該把杉樹放到後面。到這兒來，我才眞正明白了。一聽說杉樹，就馬上聯想到它是一棵棵大樹、老樹，其實……我把它畫得比較優雅一點，或許算是作品的特色吧。還用了一些赤松的樹幹作陪襯……」

當然，畫杉樹樹幹，也不是採用原色。在形狀和色調上，都下了一番功夫。

「眞是條漂亮的腰帶啊，太謝謝了……可惜像我這樣的人，恐怕繫不了這麼華麗的腰帶。」

「千重子小姐送給你的和服合身嗎？」

「我想一定會很合身的。」

「千重子小姐從小就很會挑選有京都特色的和服布料……這條腰帶還沒給她看過呢。不知爲什麼，我總覺得有點不好意思。」

「這不是千重子小姐設計的嗎，有什麼不好意思的……我也該請千重子小姐看看才是。」

「那麼，在時代節穿出來好嗎？」秀男說罷，把腰帶疊好，收入帖紙裡。

秀男將紙繩繫好。

「請你愉快地接受吧。雖說是我答應給你織，其實是千重子委託我的。你只當我是個普普通通的織布工就是囉。」秀男對苗子說，「不過，我是誠心誠意爲你織的呀。」

苗子把秀男遞給她的那包腰帶放在膝上，默不作聲。

「我剛才講過，千重子小姐從小就很會挑選和服，她送給你的和服，同這條腰帶一定配得上……」

「……」

他們倆跟前那條淺淺的清瀧川，潺潺的流水聲隱約可聞。秀男環顧了一下兩岸的杉山，然後說：

「杉樹的樹幹就像手工藝品般整整齊齊地排列著，這個我想像到了。可是杉樹上方的枝葉這樣像素淡的花，卻沒有想到。」

苗子的臉上泛起了愁容。說不定父親是在砍樹梢枝椏的時候，想起了被拋棄的嬰兒千重子而傷心，以致從一棵樹梢盪到另一棵樹梢時不愼摔下來的？那時候，苗子和千重子都還是個嬰兒，自然什麼也不懂。直到長大以後，才從村裡人那裡聽說。

因此，苗子對於千重子——其實她連千重子這個名字也不曉得——只知道她同自己是雙胞胎，但她是死是活，是姐姐還是妹妹，都不曉得。因此她想：哪怕見一次也好；如果能見面，從旁瞧瞧也願意。

苗子那間破陋的像棚子似的家，至今依然在杉村裡荒廢著。因爲一個單身少女，是無法呆下去的。長期以來，由一對在杉山勞動的中年夫婦和一個上小學的姑娘住著。當然也沒有收他們稱得上房租的錢，況且這也不像是能收房租的房子。

只是上小學的這位小姑娘出奇地喜歡花，而這房子旁邊又有一棵美麗的桂花樹，她偶爾跑到苗子這兒請教修整的方法。於是苗子告訴她：

「不用管它好囉。」

然而，苗子每次打這間小房子門前走過，總覺得自己老遠老遠就比別人先聞到桂花香。這毋寧說給苗子帶來了悲傷。

苗子把秀男織的腰帶放在膝上，感到沉甸甸的。它激起了她萬千思緒……

「秀男先生，我已經知道千重子小姐的下落了，以後我盡量不再同她來往。不過，承你的好意，和服和腰帶，我穿一次就是……你會理解我的心意嗎？」苗子眞誠地說。

「會理解的。」秀男說，「時代節你會來吧。我希望看到你繫上這條腰帶。不過，不邀千重子小姐來。節日的儀仗隊是從御所出發。我在西蛤御門等你。就這樣決定下來好嗎？」

苗子臉頰泛起了淡淡的紅暈。好一陣子，她才深深點了點頭。

對岸河邊的一棵小樹，葉子呈紅色，映入水中的影子在蕩漾著。秀男抬起臉來問：

「那葉子紅得很鮮豔的是什麼樹呀？」

「是漆樹。」苗子抬起目光回答。這一瞬間，不知爲什麼，梳理頭髮的手一顫抖，把黑髮結弄散了，長髮一直垂落在雙肩上。

「哎呀！」

苗子倏地滿臉緋紅，趕緊把頭髮捋在一起，捲了上去，然後準備用銜在嘴裡的髮夾別上，可是夾子散落一地，不夠用了。

秀男看見她的這種姿態和舉止，覺得實在動人。

「你也留長髮嗎？」秀男問。

「是啊。千重子小姐也沒有剪掉嘛。不過，她很會梳理，所以男人家幾乎看不出來……」

苗子慌里慌張地連忙戴上頭巾，說：「實在對不起。」

「……」

「在這兒，我只給杉樹修飾，而我自己是不化妝的。」

儘管這麼說，她也淡淡地塗上了口紅。秀男多麼希望苗子再把手巾摘下來，讓他看一眼她那長髮垂肩的姿態啊。可是，怎麼好開口呢。這點，苗子慌忙戴上頭巾的時候就意識到了。

狹窄的山谷西邊的山巒開始昏暗了。

「苗子小姐，該回去了吧。」秀男說著站了起來。

「今天也快歇工了……白天變得短啦。」

山谷東邊的山巔上，聳立著一排排參天的杉樹。秀男透過杉樹樹幹的間隙，窺見了金色的晚霞。

「秀男先生，謝謝你，太謝謝你了。」苗子愉快地接受了腰帶，也站起身來。

「要道謝的話，請向千重子小姐道謝好囉。」秀男嘴上雖這麼說，但是他爲能給這位杉村姑娘織腰帶，心中充滿了喜悅，感情激動不已。

「恕我嘮叨，時代節那天請一定來，別忘了，我在御所西門——蛤御門等你！」

「好吧！」苗子深深點頭，「穿上過去從未穿過的和服，繫上腰帶，準會很難爲情的……」

在節日甚多的京都，十月二十二日的時代節，同上賀茂神社、下賀茂神社舉辦的葵節、祇園節一起，被公認爲三大節日。它雖然是平安神宮的祭祀，然而儀仗隊卻是從京都御所出發的。

苗子一大早心情就不平靜，她比約定時間提前半個鐘頭就到達御所西邊的蛤御門陰涼處等候秀男。在她來說。等候男朋友這還是頭一回。

多虧天氣晴朗，萬里無雲。

平安神宮是爲紀念遷都京都一千一百年而於明治二十八年興建的，因此不消說是三大節日中最新的一個。但是由於這是慶祝京都建都的節日，所以盡量把千年來都城風俗習慣的變遷在儀仗隊中表現出來。而且爲了顯示各朝代的不同服飾，還要推出爲人們所熟悉的各朝代的人物來。

比如：和宮④、連月尼⑤、吉野太夫⑥、出雲阿國⑦、淀君⑧、常盤御前⑨、橫笛⑩、巴御前⑪、靜御前⑫、小野小町⑬、紫式部、清少納言。

還有大原女、桂女⑭。

此外還有妓女、女演員、女販等也混雜其中。以上列舉了婦女，當然還有像楠正成⑮、織田信長⑯、豐臣秀吉等王朝公卿和武將。

這活像京都風俗畫卷的儀仗隊，相當的長。

據說從昭和二十五年起，儀仗隊才增加了女性，從而增添了節日的鮮豔和豪華的氣氛。

儀仗隊領先的是明治維新時期的勤王隊、丹波北桑田的山國隊，殿後的是延曆時代的文宮上朝場面的隊伍。儀仗隊一回到平安神宮，就在鳳輦⑰前致賀詞。

儀仗隊是從御所出發，最好在御所前的廣場上觀看。因此，秀男才邀苗子到御所來。

苗子站在御所門陰涼處等候秀男，人群進進出出，十分擁擠，倒也沒人留意她。不料卻有一個商店老板娘模樣的中年婦女，大大咧咧地走了過來，說：「小姐，您的腰帶眞漂亮。在哪兒買的？同和服很般配……讓我瞧瞧。」婦女說著伸手去摸：「能讓我看看背後的帶子嗎？」

苗子轉過身來。

聽見那婦女「啊！」地一聲讚嘆，她心裡反而覺得踏實了。因爲她穿這身和服，繫這種腰帶，還是有生以來頭一遭。

「讓你久等啦。」秀男來了。

節日儀仗隊出場的御所附近的座位都被佛教團體和觀光協會占去了。秀男和苗子只好站在觀禮席後面。

苗子第一次在這麼好的位置上觀禮，只顧觀看儀仗隊，差點連秀男的存在和自己身上穿的新衣裳也都給忘了。

然而，她很快就發覺，便問：

「秀男先生，你在看什麼呢？」

「看松樹的翠綠。你瞧，那儀仗隊有了松樹的翠綠作背景，襯托得更加醒目了。寬廣的御所庭園裡淨是黑松，所以我太喜歡它啦。」

「……」

「我也悄悄看著苗子小姐，你不覺得嗎？」

「瞧你多討厭呀！」

苗子說著，低下了頭。

①重帶是日本婦女一種帶端長垂的繫腰帶法，現在京都的祇園舞妓仍保存這種繫帶法。

②京都平城京、平安京的朱雀大路以西的地帶。

③光悅（一五五八～一六三七），即本阿彌光悅，江戶初期的藝術家，擅長泥金畫、書道和茶道等。

④和宮（一八四六～一八七七），仁孝天皇的第八皇女，下嫁德川家茂將軍。

⑤連月尼（一七九一～一八七五），即太田垣蓮月，江戶末期女詩人，丈夫死後削髮爲尼。

⑥吉野太夫（一三三六～一三九三），日本南北朝的官吏。

⑦出雲阿國（？～一六〇七年以後），日本古典戲劇「歌舞伎」的創始人。

⑧淀君（一五六七～一六一五），戰國安土桃山時代名將豐臣秀吉的側室，名茶茶。

⑨常盤御前（生歿年不詳），平安末朝武將源義經之母，美貌無比。御前是貴族夫人之尊稱。

⑩橫笛，日本古典文學《平家物語》中的女主人公。

⑪巴御前（一一五四～一一八四），平安末朝武將源義仲之妾，擅長武功。

⑫靜御前（一一五九～一一八九），源義經的愛妾，擅長歌舞。

⑬小野小町，平安前期女歌人。被稱爲六歌仙之一。

⑭桂女，傳誦特殊風俗的巫女，因住京都桂鄉，故叫桂女。

⑮楠正成（一二五四～一三三六），即楠木正成，南北朝時代的武將，幼名多聞丸。

⑯織田信長（一五三四～一五八二），戰國安土桃山時代的著名武將。

⑰鳳輦，指天皇所乘的鑾輿。

深秋的姐妹

在節日甚多的京都，千重子喜歡鞍馬的火節勝過「大字」。由於地點不太遠，苗子也去看過。但是，以往在火節的活動場地上即使擦肩而過，她們倆彼此都不會留意的。

從鞍馬道通往神社，一路上家家戶戶紮上松枝，屋頂灑上水。人們從半夜裡就舉著大大小小各式各樣的火把，嘴裡喊著「嗨喲嗨喲喲」的呼號，登上神社。火焰熊熊燃燒。兩座轎子出現時，村裡（現在是鎮）的婦女們全體出動去拉轎上的繩子。最後才獻上大火把。節日的活動一直持續到天快亮的時分。

不過，這種有名的火節，今年停止舉行了。據說是爲了什麼節約。伐竹節雖照舊進行，可是火節則不舉行了。

北野天神的「芋莖節」①今年也取消了。據說是由於芋頭欠收，無法裝飾芋莖轎的緣故。

在京都，經常舉行諸如鹿谷安樂養寺的「供奉南瓜」，或蓮華寺的「祭祀河童②」等儀式。這些儀式顯示了古都的風貌，也反映了京都人生活的一個方面。

近年來又恢復了在嵐山河流上泛龍舟的迦陵頻伽③，和在上賀茂神社院內小河上舉行的曲水宴等儀式。這些都是當年王朝貴族的高雅遊樂。

曲水宴，就是身穿古裝的人坐在河岸邊上，讓酒杯從小河上漂過來，在這工夫，或寫詩作畫，或寫別的什麼，待漂到自己跟前時，拿起酒杯，把酒一飲而盡，然後又讓酒杯漂到下一個地方去。這種事都是由書童侍候的。

這是從去年開始舉辦的盛事，千重子去觀看了。本來在王朝公卿的前頭是歌人吉井勇④（這位吉井勇已與世長辭，現在不在人世了。）

千重子今年沒去參觀嵐山的迦陵頻伽。她總覺得這些活動缺乏古雅的風趣。因爲京都古色古香的盛會很多，她幾乎都看不過來呢。

千重子的母親阿繁愛勞動，千重子也許是從小就受到她的熏陶，或許是天生的秉性，她早早起床就細心地揩拭格子門等。

「千重子，時代節你們兩人過得眞快活啊。」

剛收拾好早餐的餐桌，眞一就掛來電話了。看來眞一又把千重子和苗子弄錯了。

「你也去了嗎？要是喊我一聲就好了……」千重子聳聳肩膀說。

「我本來是想喊你來著，可是我哥哥不讓。」眞一毫不拘束地說。

千重子有點猶疑，沒有告訴眞一他弄錯人了。但是眞一來電話，她可以想像到苗子可能已經穿上了她送的和服，並繫上秀男織的腰帶，去參觀時代節了。

苗子的伴兒肯定是秀男。這件事，千重子一時雖然覺得很意外，但心頭很快地隱隱湧上一股暖流，她臉上也微微泛起了一抹笑容。

「千重子小姐，千重子小姐」眞一在電話裡喊。「你幹麼不說話呀？」

「你不是眞一先生嗎？」

「是啊，是啊。」眞一笑了起來，「現在掌櫃在嗎？」

「不，還沒……」

「千重子小姐，你是不是有點感冒？」

「你覺得我有點感冒？我在門口擦格子門呢。」

「是嗎。」眞一好像在晃著電話筒。

這回是千重子朗朗地笑了。

眞一壓低聲音說：「這個電話是我替哥哥掛的，現在就換哥哥來講吧……」

千重子對眞一的哥哥龍助就不能像對眞一說話那樣隨便了。

「千重子小姐，你給掌櫃厲害的臉色看了嗎？」龍助突然這麼問道。

「給了。」

「那眞了不起啊！」龍助又高聲重覆說一遍，「眞了不起啊！」

「家母在我背後，偶爾也聽得見，好像邊聽邊替我捏把汗呢。」

「那也可能。」

「我說了，我也想在店裡學學做生意，請把所有的帳薄都讓我看看。」

「嗯。那就行了。儘管只是說說而已，但說與不說可就大不一樣啊。」

「然後，還讓他把鐵櫃裡的存款帳簿、股票、債券之類東西都統統拿出來了。」

「這，眞行。千重子小姐眞了不起。」龍助忍不住地說，「千重子小姐，沒想到你這樣一個溫順的姑娘竟……」

「是龍助先生你出的主意嘛……」

「這主意不是我出的。是因爲附近的批發商有些奇怪的傳聞，我才下的決心，如果千重子小姐不便說，由家父或我去說好了。不過，小姐說是最上策。掌櫃的態度有變化了吧？」

「有，多少有點兒。」

「這也是可能的。」龍助在電話裡沉默片刻，又說，「太好啦！」

千重子在電話裡彷彿感到龍助又在猶豫什麼。

「千重子小姐，今天中午我想上貴店去看看，不礙事吧。」龍助說，「眞一也一道去……」

「會礙什麼事呢。在我這裡，不會有你想像那種大不了的事。」千重子回答說。

「因爲你是年輕的小姐呀。」

「瞧你說的。」

「怎麼樣？」龍助笑著說，「我想在掌櫃還沒下班之前去。我也要仔細觀察觀察。千重子小姐不必擔心，我看掌櫃的神色行事。」

「啊？」千重子後頭的話說不出來了。

龍助家是室町一帶的大批發商，伙伴中也有各種各樣財雄勢大的人。龍助雖是正在大學研究院念書，但是店鋪的重擔自然而然地要落在他肩上。

「該是吃甲魚的季節啦。我在北野大市已經訂好座席，請你光臨。以我的身份去請令尊令堂，未免太冒失了，所以請你……我還帶上我家的『童男』去。」

千重子倒抽了一口氣，只「噢」地應了一聲。

眞一扮「童男」乘坐衹園節的彩車，已是十幾年前的事了。然而龍助如今還時不時揶揄眞一，管他叫「童男」。或許是在眞一身上至今還保留著當年那股子「童男」般可愛而溫存的性格吧……

千重子對母親說：「方才龍助來電話，說他中午要和眞一上咱家來。」

「哦？」母親阿繁顯出意外的神色。

下午，千重子上後面樓上化妝，雖不是濃妝豔抹，但也費了一番功夫。她細心地梳理著長髮，但總也梳不成稱心的髮型。要穿的衣裳也不知挑哪件好，挑來挑去，反倒決定不下來。

千重子好容易才下樓來，父親已經出門，不在家了。她在內客廳裡把炭火撥弄好，看了看周圍，又望了望窄小的庭院。那棵老楓樹上長著的蘚苔，依然是綠油油的，而寄生在樹幹上的那兩株紫花地丁的葉子，卻已經開始枯黃了。

在那座雕著基督像的燈籠腳下，一棵小小的山茶花開著紅花，紅得那樣嬌豔，甚至比紅玫瑰還吸引千重子。

龍助和眞一來了。他們同千重子的母親鄭重地寒暄一番之後，龍助獨自一個人走到帳房掌櫃面前，端端正正地坐了下來。

植村掌櫃慌忙走出帳房，一本正經地酬酢了一番。他講了很長時間，龍助也應答了，卻一直板著面孔。這種冷漠勁，植村當然看在眼裡。

植村尋思：這學生哥想幹什麼呢？然而他被龍助鎮住，又不知如何是好。

龍助等植村把話頭一頓下來，就平靜地說：

「貴店生意興隆，太好了。」

「哦，謝謝，托福了。」

「家父常說，佐田先生幸虧有你，你有多年經驗，眞了不起啊……」

「哪裡的話。小店不同於水木先生那樣的大字號，是不值得掛齒的啊。」

「不，不，像我們字號，到處伸手，又是和服料子批發商，又是什麼……簡直是雜貨鋪！我並不太感興趣。要是少了像植村先生這樣殷實可靠的人，店鋪可就……」

植村正要回話，龍助就站了起來。他哭喪著臉，望著朝千重子和眞一所在的內客廳走去的龍助的背影。掌櫃明白：說要看帳簿的千重子和眼前的龍助之間，暗地裡定有某種聯繫。

龍助來到內客廳，千重子抬頭望著他的臉，彷彿要問什麼似的。

「千重子小姐，我替你跟掌櫃說妥了。因為我勸告過你，我有責任。」

「……」

千重子低下頭來替龍助泡沫茶。

「哥哥，你瞧瞧那楓樹樹幹上的紫花地丁。」眞一用手指著說，「有兩株吧。千重子小姐在幾年前早就把那兩株紫花地丁看作是一對可愛的戀人……但它倆卻是咫尺天涯啊……」

「唔。」

「姑娘嘛，總是想入非非。」

「瞧你說的，叫人多難爲情呀，眞一先生。」千重子把泡好的沫茶端到龍助跟前，手微微顫抖著。

他們三人乘上龍助店裡的車子，向北野六番町的甲魚鋪所在地大市奔去。大市是一家格局古雅的老鋪子，旅遊者盡人皆知。房子破舊，天花板也很低矮。

這裡主要是賣燉甲魚，即所謂甲魚火鍋，其次是雜燴粥。

千重子感到渾身暖融融的，似是帶有幾分醉意。

千重子連頸脖都搽上了一層淡紅粉。這脖子又白又嫩，光滑潤澤，富有青春的魅力，特別是上了淡紅粉，實在美極了。她不時撫摸著臉頰，眼睛裡閃露出嬌媚的神態。

千重子不曾喝過一滴酒。然而，甲魚火鍋的湯幾乎有一半是酒。

有車子在門口等候，千重子還是擔心自己的腳步打顫。然而，她喜不自禁，話也多起來了。

「眞一先生，」千重子對喜歡侃侃而談的眞一說，「時代節那天你看到在御所庭園裡的那一對，不是我，你看錯人啦。你是在遠處看見的吧。」

「不要隱瞞嘛。」眞一笑了。

「我什麼都沒隱瞞呀。」千重子不知該講什麼好，只是說了聲：「其實，那姑娘是我的姐妹。」

「什麼？」眞一摸不著頭腦。

千重子在花季的清水寺曾跟眞一談過自己是個棄兒。這事，眞一的哥哥龍助恐怕也有所聞。即使眞一沒有告訴他哥哥，但兩家鋪子很近，消息會自然而然傳過去。也許可以這樣認爲吧。

「眞一先生，你在御所庭園裡看到的是……」千重子猶豫了片刻，又說，「是我的孿生姐妹，我們是雙胞胎呀！」

眞一這是第一次聽說。

「……」

三人沉默良久。

「我是被遺棄的啊。」

「……」

「若是眞的，那扔在我們店門前就好了……眞的，扔在我們店門前就好了。」龍助滿懷深情地反覆說了兩遍。

「哥哥，」眞一笑了，「那時千重子小姐是剛出生的嬰兒，同現在的千重子小姐可不一樣呀。」

「就算是嬰兒，不也很好嗎。」龍助說。

「那是你見了現在的千重子小姐才這麼說的吧？」

「不。」

「現在的千重子小姐是佐田先生的掌上明珠，是他精心把千重子小姐撫養成人的啊。」眞一說，「那個時候，哥哥也還是個孩子，試問小孩子能撫養嬰兒嗎？」

「能撫養。」龍助有力地回答。

「哼，哥哥總是這樣過於自信，不服輸。」

「也許是吧。不過，我的確希望撫養嬰兒時的千重子我相信母親也會幫我的忙。」

千重子醉意減退，額頭變得蒼白了。

北野的秋季舞蹈會將持續半個月。在結束的前一天，佐田太吉郎一個人出門去了。茶館送來的入場券當然不止一張，可是太吉郎不想邀任何人同去。連看完舞蹈回家途中，同幾個伙伴到茶館玩玩，他也感到麻煩。

在舞蹈會開始之前，太吉郎就悶悶不樂地坐在茶席上。今天當班坐在那兒以茶道禮法泡製沫茶的藝妓，也沒有太吉郎所熟悉的。

在藝妓身邊站了一溜七八個少女，大概是幫忙端茶的吧。她們都穿著全套的粉紅色長袖和服。

「哎喲！」太吉郎差點兒喊出聲來。那姑娘打扮得非常豔美。她不就是那天被這煙花巷的老板娘帶去看「叮噹電車」，並同太吉郎一道乘過車的那個姑娘嗎？……只有她一個人穿綠色和服，或許也是在值什麼班吧。

這個綠衣少女把沫茶端到太吉郎面前，她當然要遵守茶道的禮法，板起面孔，不露一絲微笑。

然而，太吉郎的心情似乎輕鬆多了。

這是一齣八場舞劇，名叫《虞美人草圖》，是中國的一齣有名的項羽和虞姬的悲劇。可是，當演完了虞姬拔劍刺胸，被項羽抱在懷裡，在靜聽思鄉的楚歌聲中死去，最後項羽也戰死沙場一場之後，就轉到日本熊谷直實⑤和平敦盛⑥以及玉織姬的戲了。故事是講熊谷打敗了敦盛後，深感人世間變化無常而落髮出家，隨後到古戰場上憑吊敦盛時，發現墳墓周圍開著虞美人花，笛聲可聞。這時便出現了敦盛的鬼魂，它要求把青葉笛收藏在黑谷寺裡，玉織姬的鬼魂則要求把墳邊的虞美人花供奉在佛前。

在這齣舞劇之後，還演出了另一齣熱鬧的新舞蹈《北野風流》。上七軒的舞蹈流派，是屬於花柳派，同祇園的井上派不同。

太吉郎從北野會館出來以後，順路到了一家古色古香的茶館，一個人呆呆地坐在那兒。茶館的老板娘便問：

「叫個姑娘來？」

「唔，叫那個咬人舌頭的藝妓吧……還有，那個穿綠衣、給人端茶的姑娘呢？」

「就是坐『叮噹電車』的……好，叫她過來打一個招呼就可以了吧。」

在藝妓來到之前，太吉郎一個勁地喝酒，藝妓一來，他就故意站起來走了出去。藝妓跟著他，他便問道：

「現在還咬人嗎？」

「你記性真好。不要緊的，你伸出來試試。」

「我不敢。」

「眞的，不要緊的。」

太吉郎把舌頭伸出來，它被另一個溫暖而柔軟的舌頭吸住了。

太吉郎輕輕地拍了拍藝妓的脊背說：

「你墮落了。」

「這算什麼墮落？」

太吉郎想漱漱口。但是，藝妓站在身旁，他也不好這樣做。

藝妓這樣惡作劇，是下了很大決心的。對藝妓來說，這是一瞬間的事，也許沒有什麼意義。太吉郎不是討厭這年輕的藝妓，也不認爲這是一樁卑劣的行爲。

太吉郎剛要折回客廳，藝妓一把抓住他說：

「等等！」

於是，她拿出手絹，擦了擦太吉郎的嘴唇。手絹沾上了口紅。藝妓把臉湊到太吉郎面前瞧了瞧，說：

「好，這就行了。」

「謝謝……」太吉郎將手輕輕地放在藝妓的肩上。

藝妓留在盥洗間，站在鏡前再塗了塗口紅。

太吉郎返回客廳時，那裡已是空無一人。他像漱口似地一連喝了兩三杯冷酒。

儘管這樣，太吉郎身上似乎依舊留有藝妓的香氣，或許是藝妓的香水味。他感到自己彷彿變得年輕了。

他覺得就算藝妓的惡作劇是出其不意，可是自己也未免太冷漠了。這大概是因爲自己好久沒跟年輕姑娘嬉鬧的緣故吧。

也許，這個二十上下的藝妓是個非常有意思的女人。

老板娘帶著一個少女走了進來。少女還是穿著她那身綠色長袖和服。

「按您要求請她來了，她說只作一般性問候。瞧，畢竟年紀還輕啊。」老板娘說。

太吉郎瞧了瞧少女，說：「剛才端茶的……」

「是啊。」少女到底是茶館的姑娘，沒有顯出一點羞怯的樣子，「我知道您是那位伯伯才給您端的啊。」

「哦，那就謝謝你啦，你還記得我嗎？」

「記得。」

這時藝妓也折回來了。老板娘對她說：

「佐田先生特別喜歡小千子。」

「是嗎。」藝妓望著太吉郎的臉說，「您很有眼力，不過還得等三年哩。再說，來年春天小千子就要到先斗街去。」

「到先斗街？爲什麼？」

「她想當舞女去，她說她憧憬舞女的風姿。」

「哦？要當舞女，在祇園不是挺好嗎？」

「小千子有個姨媽在先斗街，大概就是這個緣故吧。」

太吉郎望著這個少女，暗自想道：這姑娘不論上什麼地方，都會成爲第一流的舞女。

西陣紡織業工會採取了前所未有的果斷措施，決定自十一月十二日至十九日共八天，停止開動所有織機。十二日和十九日是星期天，實際上是停工六天。

停工的原因很多，但歸根結底是由於經濟問題。也就是說，生產過剩，致使庫存達三十萬匹之多。停工八天，就是爲了處理庫存和爭取改善交易。近來資金周轉困難，也是一個很重要的因素。

自去秋至今春，收購西陣紡織品的公司也相繼倒閉了。

據說停機八天大約減產八九萬匹。但結果還不錯，總算是成功了。

儘管如此，在西陣的紡織作坊街，特別是在小巷裡，一看就明白，這些所謂作坊，是以零星的家庭手工業居多。他們對這次統制措施是緊跟的。

那裡布滿的小房子，瓦頂破舊，屋檐很深。雖是兩層樓，但卻很低矮。小巷更是像荒野一樣雜亂無章，連昏暗處也傳出了織機聲。這些織機不全都是自家的，恐怕也有租賃來的。

但是，據說申請「免除停機」的，只有三十多家。

秀男家不是織和服料子，而是織腰帶的。有高機三台，白天也開亮電燈，安放織機的地方還算明亮，而且後面還有空地。但房子很窄，甚至不知道家裡人在什麼地方休息、睡覺，不知道那些爲數不多而且粗糙的廚具都放在哪裡。

秀男身強力壯，有才能，對工作也很熱心。不過長年累月坐在高機的窄板上不停地織，恐怕屁股上都長繭子了。

他邀苗子去參觀時代節的時候，對遊行隊伍的背景——御所那片寬闊的蒼翠松林，比對穿上各種時代服裝的遊行隊伍更要感興趣得多。也許是從日常的生活中解放出來的緣故吧。然而，這一點苗子是體會不到的，因爲她是在山溝溝裡，即是在狹窄的山谷裡勞動……

不消說，自從苗子在時代節繫了秀男爲自己織的腰帶之後，秀男工作起來就更加起勁了。千重子自從跟龍助、眞一兄弟兩人上大市以後，時不時心神恍惚，雖然還不算是極度痛苦。她自己似乎也注意到，這也許是由於煩惱的緣故吧。

在京都，十二月十三日「開始年事」，這天已過去了。這裡已進入冬季，天氣變幻莫測。有時大晴天卻下起陣雨，偶爾還夾著雨雪。天晴得快，陰得也快。

十二月十三日「開始年事」，按京都的風俗習慣，從這天起，得籌備過年，還要開始互贈歲暮的禮物。

忠實遵守這種規矩的，還得數祇園等的花街柳巷。

每逢這時節，藝妓、舞女等都要到平日照顧她的茶館、歌舞樂師家或藝妓老大姐家去分送鏡餅⑦。

接著由藝妓、舞女們挨家道賀，說聲「恭喜」。它含有這年承蒙眷顧，得以平安度過，來年還請多多關照的意思。

這天打扮得花枝招展的藝妓、舞女來來往往，比往常任何時候都多。稍稍提前的歲暮活動，把祇園周圍點綴得絢麗多彩。

千重子家的店鋪沒有這樣華麗。

千重子吃過早飯，獨自上後面樓上作簡單的晨間化妝。可是，她的手卻是漫不經心地運動著。

龍助在北野甲魚鋪裡說的那番激動的話，始終在千重子內心裡翻騰著。什麼要是千重子在嬰兒時候被扔到龍助家門前就好了，這句話難道不是有相當份量嗎？

龍助的弟弟眞一是千重子的青梅竹馬之交，直到高中一直都是同學。他性情溫柔，儘管他喜歡千重子，可他從不曾像龍助那樣說出這種令人窒息的話來。所以他們相處得很自然。

千重子梳理好她的長髮，把它披散在肩上，然後下樓來了。

就在早餐快要結束的時候，北山杉村的苗子給千重子掛來了電話。

「是小姐嗎？」苗子叮問了一句。「我想見千重子小姐，有件事要面告，可以嗎？」

「苗子，我眞想念你啊……明天怎麼樣？」千重子回答。

「我隨時都可以……」

「到我店裡來吧。」

「請原諒，別叫我上店裡去。」

「你的事我已經告訴母親。父親也知道了。」

「還有店員在吧？」

「……」千重子沉思片刻，說：「那麼，我到你村裡去！」

「不過這裡很冷……你來，我當然很高興。」

「我還想去看看杉樹……」

「是嗎？這裡不但冷，興許還會下陣雨呢。請你都準備好。不過，燒火嘛，倒是可以隨便地燒。我在路旁勞動，你來了我馬上就知道。」

苗子爽朗地回答。

---

①芋莖節，是京都北野神社每年十月四日舉行的神事，用芋莖鋪葺神轎轎頂，抬著去遊街。

②河童，是日本傳說中的想像動物，水陸兩棲，形似四五歲的兒童，面似虎，嘴尖，身上有鱗，髮如劉海，頂上有坑，坑裡有水。

③迦陵頻伽，是佛教中的一種想像的神鳥。這種鳥人面鳥身，生活在雪山上或極樂世界裡，能發出美妙的聲音，令人百聽不厭。

④吉井勇（一八八六～一九六〇），當代詩人、劇作家。

⑤熊谷直實（一一四一～一二〇八），鎌倉初期的武將。

⑥平敦盛（一一六九～一一八四），平安末期的武將。

⑦鏡餅，是供神用的圓形大年糕，通常是上下兩個。

冬天的花

千重子穿上了長褲和厚厚的套頭毛線衣。她從沒有這樣打扮過。厚襪子也很花俏。

父親太吉郎在家，千重子跪坐在他面前，向他請安。太吉郎看到千重子這身少見的裝扮，不禁瞠目而視。

「要上山去嗎？」

「是啊……北山杉村那孩子說想見見我，好像有什麼事要跟我說……」

「是嗎？」太吉郎毫不猶豫地叫了一聲：「千重子！」

「嗯。」

「那孩子要是有什麼苦惱或困難，你就把她帶到咱家來……我收養她。」

千重子低下頭來。

「太好了。有了兩個女兒，我和你媽也就不寂寞了。」

「爸爸，謝謝您，太謝謝您了。」千重子施了個禮，熱淚不禁奪眶而出。

「千重子，你是我一手餵奶餵大的，我非常疼愛你。對那姑娘，我也盡量做到一視同仁，不分彼此。她長得像你，一定是個好姑娘。帶她來吧。二十年前，我討厭雙胞胎，現在倒無所謂了。」父親說。

「繁！阿繁！」太吉郎呼喊妻子。

「爸爸，我對您的好意是感激不盡的。不過，苗子那姑娘是決不會到咱家來的。」千重子說。

「那又是爲什麼呢？」

「她大概是不願意妨礙我的幸福，哪怕是一星半點。」

「怎麼說是妨礙呢？」

「……」

「怎麼說是妨礙呢？」父親又說了一遍，然後歪了歪腦袋。

「就說今天吧，我對她說：我爸媽都知道了，請你到店裡來吧。」千重子帶著含淚欲哭的聲音說，「她卻顧慮店員和街坊……」

「店員算什麼！」太吉郎終於提高了嗓門。

「我懂得爸爸的心意。今天我不妨去說說看。」

「好吧。」父親點點頭，「路上當心……還有，你可以把爸爸剛才的話轉告苗子那孩子。」

「好的。」

千重子穿上雨衣，戴上頭巾，換了一雙雨鞋。

早晨中京的上空，萬里無雲，可不知什麼時候陰沉下來了，說不定北山下著雷陣雨。從城裡也可以看見這般天色。要不是京都優美的小山巒擋住，或許還能看到遠方天陰得要下雪的樣子呢。

千重子乘上了國營公共汽車。

在北山的中川北山村，有國營和市營兩種公共汽車，市營公共汽車開到京都市（已經擴大）北郊的山麓就折回，而國營公共汽車則一直駛至遠方的福井縣小濱地方。

小濱坐落在小濱灣的岸邊上，從茗狹灣向前伸向日本海。

也許是冬天，公共汽車乘客不多。

有兩個同伙的青年人目光炯炯地盯著千重子。千重子有點害怕，趕緊蒙上頭巾。

「小姐，請你不要用那種東西蒙起來嘛。」其中一個青年用跟年輕人很不相稱的沙啞聲說。

「喂，住嘴！」貼鄰的另一個青年說。

請求千重子的那個年輕人手戴鐐銬，不知是什麼罪犯。他身旁的另一個男人可能是個刑警。大概是要翻過這深山老林，把犯人押送到什麼地方去吧。

千重子不能摘下頭巾讓他們看見自己的臉。

公共汽車到達了高雄。

「到了高雄的什麼地方啦？」有個客人問。其實還不至於認不出來。楓葉已經全部落光，從樹梢的細枝上可以看到冬天的景象。

在松尾樹下的停車場上，一輛車子也沒有了。

苗子身穿勞動服來到菩提瀑布停車場迎候千重子。

「小姐，歡迎你。很高興地歡迎你到這深山裡來。」

「算不了什麼深山嘛。」千重子戴著手套就去握住苗子的雙手說，「眞高興啊，打夏天以後就再沒見過面啦。那次在杉山裡，太感謝你了。」

「那算不了什麼。」苗子說，「不過，那時萬一響雷眞的打在我們倆身上，眞不知成什麼樣子了。儘管這樣，我還是很高興……」

「苗子，」千重子邊走邊說，「你給我掛電話，一定有什麼急事吧，快告訴我！要不，也塌不下心來聊天吶。」

「……」苗子身穿勞動服，頭上包著一條頭巾。

「究竟是什麼事嘛？」千重子再問了一句。

「其實，是秀男向我求婚，我想同你商量，所以……」苗子絆了一跤，差點摔倒，一把抓住了千重子。

千重子把搖搖晃晃的苗子抱住。

苗子每天勞動，身體很健壯……可是，那回夏天打雷的時候，千重子一味害怕，不曾留意到。

苗子很快就站穩腳跟，可是她好像很願意被千重子擁抱，不肯說聲行了，甚至索性依偎著千重子走起來。

摟著苗子的千重子，不知不覺地反而更多地靠在苗子身上。不過，這兩個姑娘誰都沒注意到這點。

千重子把頭巾拉起來說：

「苗子，那你是怎樣回答秀男的？」

「回答？……我總不能當面回答呀。」

「……」

「起初他把我錯認是你……現在弄清楚了，他已經把你深深印在心上了。」

「哪有這種事。」

「不，我非常了解這點。即使不認錯人，我也只是替代千重子小姐罷了。秀男一定把我看做是千重子的幻影吧。這是第一……」苗子說。

現在千重子回想起這樣一件事來：今年春上鬱金香盛開的時候，從植物園回家途中，在加茂川堤岸上，父親曾勸母親把秀男招爲千重子的入贅女婿。

「第二，秀男家是織腰帶的。」苗子加強語氣，「如果由於這件事而使千重子小姐家的店鋪和我發生了關係，增加了千重子小姐的麻煩，甚或使千重子小姐遭到街坊的冷眼，那我可就罪該萬死。我眞想躲到更深更深的深山裡去……」

「你是這樣看的嗎？」千重子搖了搖苗子的肩膀，「今天我是對父親說明了要上你這兒來的。我母親也很理解。」

「……」

「你猜我父親怎麼說。」千重子更使勁地搖晃著苗子的肩膀。「他說，你去對苗子姑娘說，要是她有什麼苦惱或困難，就把她帶到咱家來……你是作爲親生女兒入了父親的戶口的。

不過對那姑娘也要盡量做到一視同仁，不分彼此呀。千重子一個人太寂寞了吧。」

「……」苗子摘下蒙在頭上的頭巾，說了聲「謝謝」，就把臉捂了起來，好大一會兒說不出話。「我衷心感激你。我的確是個舉目無親、孤苦伶仃的人，雖然寂寞，但我埋頭勞動，把這些都忘掉了。」

千重子爲了緩和苗子的激動感情，說：

「關鍵是秀男，他的事……」

「這樣的事，我不能馬上回答。」

苗子直勾勾地望著千重子，眼眶裡噙滿了熱淚。

「借我這個。」千重子用苗子的手巾替苗子揩拭眼圈和臉頰，說，「滿面淚痕，能進村嗎？」

「沒關係。我這個人性格倔強，比誰都更能勞動，就是好哭。」

當千重子給苗子揩臉的時候，苗子反而情不自禁地投到千重子懷裡抽泣起來了。

「這可怎麼辦呢？苗子，怪孤單的，快別這樣。」千重子輕輕地拍了拍苗子的後背，「你要是這樣哭，我可就回去啦。」

「不，不要！」苗子愕然，從千重子手裡拿過自己的手巾，使勁地擦了一把臉。

多虧是冬天，人們覺察不出來。只是她的白眼球有點紅罷了。苗子將頭巾戴得低低的。

兩人默默地走了一段路程。

的確，北山杉樹的枝椏一直修整到樹梢。在千重子看來，呈圓形殘留在樹梢上的葉子，就像是一朵朵雅淡的冬天的綠花。

千重子認爲此刻正是好時機，便對苗子說：

「秀男不僅腰帶圖案畫得好，而且織功也很到家，很認眞哩。」

「是啊，這我知道。」苗子回答。「秀男邀我去參觀時代節的時候，他好像不大愛看盛裝的遊行隊伍，倒是很喜歡隊伍的背景——御所那松樹的蒼翠和東山那變幻莫測的色彩。」

「時代節的隊伍，秀男可能不稀罕……」

「不，好像不是這樣的。」苗子加重了語氣。

「……」

「他要我遊行結束以後到家裡去一趟。」

「家？是秀男的家嗎？」

「是啊。」

千重子有點吃驚的樣子。

「他還有兩個弟弟。還領我去看後院的空地，說如果我們將來結合了，可以在那兒蓋間小屋，盡量織點自己所喜歡的東西。」

「這不是挺好嗎？」

「挺好？……秀男把我看作是小姐你的幻影，才要同我結合的呀！我是個女孩子，我很了解這點。」苗子又重覆了一遍。

千重子不知怎樣回答才好，她迷惑地走著。

在峽谷旁邊的一個小山谷裡洗刷杉圓木的女工們，圍坐成一個大圈休息，烤火取暖。篝火燃得煙霧騰騰。

苗子來到自己的家門前。與其說是家，不如說是個小窩棚。年久失修的稻草屋頂，已經變得歪歪斜斜。只因爲是山間房子，所以還有個小院落。院落裡的野生南天竹，結著紅色的果實。就是那麼七八棵，也長得雜亂無章。

然而，這可憐的房子，也許就是千重子原來的家。

走過這所房子的時候，苗子的淚痕已經乾了。究竟對千重子說這就是我們的家好呢，還是不說好？千重子是在母親的娘家出生的，大概沒在這所房子住過。苗子還是嬰兒的時候，母親先於父親與世長辭，所以連她也記不清自己是否在這所房子住過了。

幸好千重子沒發現這樣一所房子，她只顧抬頭仰望杉山和並排的杉圓木，就徑直走了過去。苗子也就沒有談及這所房子的事。

堅拔挺立的杉林，樹梢上還殘留著的葉子稍呈圓形，千重子把它看成是「冬天的花」。想來它也的確是冬天的花。

大部分人家的房檐前和樓上，都晾晒著一排剝了皮的洗刷乾淨的杉圓木。光是把那一根根白圓木整整齊齊地排成一排立著這點，就是夠美的了。也許比任何牆壁都要美得多。

杉山上，在杉樹根旁長著的野草，都已經枯萎。杉樹的樹幹，筆直而且粗細一般，確實很美。透過斑斑駁駁的樹幹的縫隙，還可以窺見天空。

「還是冬天美啊。」千重子說。

「可能是吧，我看慣了倒也不覺得。不過，還是冬天的杉葉看上去有點像淡淡的芒草色。」

「它多像花啊。」

「花！是花嗎？」苗子感到意外，抬眼望著杉山。

走不多久，有一間古雅的房子，可能是這村子裡擁有山地的大戶人家的吧。略矮的牆壁，下半截是鑲木板，漆成黃紅色；上半截是白色，帶葺瓦的小屋頂。

千重子停下腳步說：「這間房子眞好。」

「小姐，我就是在這家寄居的，請進去看看吧。」

「……」

「不要緊的。我住在這兒已經快十年了。」苗子說。

千重子已經聽苗子說過兩三遍：與其說秀男是把苗子當作千重子的化身，莫如說是當作千重子的幻影，才要同苗子結合的。

如果說是「化身」，那當然容易明白。然而說是「幻影」，究竟是指什麼呢？……特別是作爲結婚對象……

「苗子，你總說幻影、幻影的，究竟幻影是什麼呢？」千重子嚴肅地說。

「……」

「幻影不就是手觸摸不到的、無形的東西嗎？」千重子繼續說著，突然漲紅了臉。苗子不僅是臉，恐怕全身各個部分都像自己。她將要屬於男人所有了。

「儘管如此，很可能無形的幻影就在這裡。」苗子答話說，「幻影，也許就隱藏在男人的心裡、腦子裡，或許別的什麼地方。」

「……」

「也許我變成六十歲老太婆的時候，幻影中的千重子小姐還是現在這樣年輕吶。」

苗子這句話使千重子感到意外。

「你連這樣的事都想到了？」

「對美的幻影，總沒有厭倦的時候吧。」

「那也不見得。」千重子好不容易才說出這句話來。

「幻影是不能踐踏的。踐踏了只能自食其果。」

「唔。」千重子看出苗子也有妒嫉心，但她說，「眞是的，什麼幻影，在哪兒呢？」

「就在這兒……」苗子說著搖了搖千重子的上身。

「我不是幻影。是和你成對的雙胞胎。」

「……」

「這麼說，莫非連你我的靈魂也成了姐妹不成？」

「瞧你說的。那當然是和千重子小姐做姐妹啦。不過，只限於秀男才……」

「你太過慮了。」千重子說了這麼一句，微低下頭走了一段路，又說，「找個時間，咱們三人推心置腹地談談好嗎？」

「何苦呢……話有眞心，也有違心的……」

「苗子，你爲什麼生這麼大的疑心呀？」

「倒不是什麼疑心。不過，我也有一顆少女的心啊！……」

「……」

「大概周山那邊下起了北山的雷陣雨。山上的杉樹也……」千重子抬起頭來。

「咱們快點回去吧，看樣子要下雨雪哩。」

「我爲防萬一下雨，帶著雨具來了。」千重子脫下一隻手套，把手讓苗子看，「這樣的手，不像小姐吧？」

苗子嚇了一跳，連忙用自己的雙手攥住千重子的那隻手。

不知不覺間，下起了雷陣雨。千重子不用說，恐怕就連在這個村子長大的苗子也沒留意到就下起來了。不是小雨，也不是毛毛雨。

千重子經苗子一提醒，抬頭掃視了一遍四周的山。山巒冷冷地蒙上一層蒙蒙的雨霧。挺立在山腳下的杉樹，反而顯得更加清新了。

不知不覺間，小小的群山彷彿鎖在霧靄中，漸漸失去了它的輪廓。就天空的模樣來說，這種景象同春霧的景象是不同的。也許可以說，它更具有京都的特色。

再看看腳底下，地面上已經有點潮濕了。

不一會兒，群山瀰漫了霧靄，籠上一層淡灰色。

霧靄漸濃，從山谷落下來，還摻著一些白色的東西。這就成了雨雪。「快回去吧！」苗子對千重子這樣說，是因為她看到了這種白色的東西。這不能算是雪，只能說是雨雪。但是，這種白色的東西，時而消失，時而又多起來。

千重子也是京都姑娘，對北山的雷陣雨並不覺得陌生。

「趁還沒變成冰冷的幻影之前……」苗子說。

「又是幻影？……」千重子笑了。「我帶雨具來了……冬天的京城天氣變幻無常，可能又會停下的吧。」

苗子仰望著天空說：「今天還是回去吧！」

她緊緊地攥住千重子那隻脫下手套讓她瞧的手。

「苗子，你眞考慮結婚嗎？」千重子說。

「只稍稍考慮……」苗子答後，將千重子脫下的那隻手套，眞摯而深情地給千重子戴上。

這時，千重子說：「請你到我店裡來一趟好嗎？」

「……」

「來吧！」

「等店員都回家以後吧。」

「在夜間？」

苗子嚇了一跳。

「請你在我家過夜。你的事我父母都很了解。」

苗子的眼睛裡露出了喜悅的神色。但她馬上又猶豫起來。

「我很想同你一塊睡，哪怕一晚也好。」

苗子不讓千重子瞧見似地把臉扭向路旁，偷偷地落起淚來。然而，千重子哪能瞧不見呢。

千重子回到了室町的店鋪。這一帶也是陰沉沉的，但沒有下雨。

「千重子，你回來得正是時候，趕在下雨之前。」母親阿繁說，「爸爸也在裡屋等你吶。」

千重子回到家裡，向父親請安，父親沒好好聽完，就迫不及待地問道：

「那孩子的事怎麼樣了，千重子？」

「啊？」

千重子頗感爲難，不知怎麼回答才好。因爲這件事用三言兩語是很難說清楚的。

「怎麼樣了？」父親再次追問。

「嗯。」

千重子本人對苗子的話，有的地方也是似懂非懂……苗子說，秀男實際上是想和千重子結婚，由於不能如願，只好死了心，而轉念於跟千重子一模一樣的苗子，並想同苗子結婚。苗子少女的心，敏銳地覺察到這點。於是，她向千重子說了一遍「幻影論」。千重子心想：難道秀男眞的要用苗子來慰藉他渴望千重子的心情嗎？如果是這樣，那就不完全是秀男自負了。

但是，也許事情不盡是這樣。

千重子不好意思正面看著父親的臉，她羞得幾乎連脖子都紅了。

「那位苗子姑娘不是一心想見你嗎？」父親說。

「是啊。」千重子猛然抬起頭來，「她說大友先生家的秀男向她求婚了。」

千重子的聲音微微發顫。

「哦？」

父親悄悄望了女兒一眼，沉默了片刻。他彷彿看透了什麼，但沒有說出來。

「是嗎，和秀男？……要是大友先生家的秀男，倒不錯嘛。眞的，緣份這玩意兒是很微妙的。這同你也有關係吧？」

「爸爸，不過我覺得她不會和秀男結婚的。」

「哦？那爲什麼呢？」

「……」

「那爲什麼呢？我覺得很好嘛……」

「爸爸，不是好不好的問題，您還記得嗎，您在植物園問過我，讓秀男做我的終身伴侶怎麼樣，這事，那位姑娘全都知道了。」

「噢？她怎麼會知道的？」

「還有，她好像覺得秀男家是織腰帶的，同咱們的店鋪總有點關係。」

父親感慨萬分，沉默不語了。

「爸爸，您讓她到咱家來過夜吧。過一夜也好，我求求您。」

「當然可以，這有什麼呢……我不是說過就是收養她也可以嗎？」

「那她是決不會同意的。她只住一個晚上……」

父親用憐愛女兒的目光望著千重子。

這時，傳來了母親拉擋雨板的聲音。

「爸爸，我去幫媽一下忙就來。」千重子說著站了起來。

雷陣雨敲打在瓦房頂上，幾乎聽不見聲響。父親紋絲不動地坐在那兒。

水木龍助、眞一兄弟倆的父親邀請太吉郎上園山公園左阿彌飯館吃晚飯。冬季日短，從高處的飯館房間裡居高臨下鳥瞰，市街上都已掌燈。天空一片灰濛濛，沒有晚霞。街上除了點點燈火，也顯得陰沉沉的。那是京都冬天的色彩。

龍助的父親是一位殷實可靠的大批發商，他使室町這家字號繁榮起來。但今天他好像有難言之事，總是猶猶豫豫，淨扯些無聊的市井傳說來打發時間。

「其實……」他藉酒興引開了話題。平素優柔寡斷，經常流露出厭世情緒的太吉郎，對水木的話卻已猜到了幾分。

「其實嘛……」水木吞吞吐吐地說，「關於龍助魯莽的事，也許你已經從令嫒那裡聽說了吧？」

「是啊，我雖不才，卻很理解龍助的好意。」

「是嗎。」水木如釋重負，「那小子很像我年輕的時候，說幹就幹，誰勸阻都不聽，眞不好辦……」

「我倒很感謝他。」

「是嗎。你這麼說，我也就放心了。」水木確實放心了，「請你別見怪啊。」

他說完，恭恭敬敬地鞠了一躬。

太吉郎店鋪的生意日漸蕭條，由一個同行，且是個區區的年輕人來幫忙，實在有失體面。要說是去學習，從兩家商店的規模看來，應該是倒過來。

「我倒很感謝他……」太吉郎說，「貴店倘使沒有龍助，恐怕也不好辦吧……」

「哪裡，做生意，龍助也是個新手，還不在行。做父親的，說出這話未免那個，不過，這孩子辦事倒也牢靠……」

「是啊，他到敝店來，馬上就擺出一副嚴肅的面孔坐在掌櫃面前，眞嚇唬人。」

「他就是這麼個脾氣。」水木說了一句，又默默地呷了一口酒。

「佐田先生。」

「嗯？」

「哪怕不是每天，若答應讓龍助到貴店來幫忙，他弟弟眞一就會更加好好幹，那我就省事了。眞一是個性情溫和的孩子，龍助直到現在還動不動就喊他『童男』什麼的，這是他最討厭的……因爲小時候他坐過祇園節的彩車。」

「他長得很俊，和小女千重子是青梅竹馬之交……」

「關於千重子小姐的事……」

水木又講不下去了。

「噢，關於千重子小姐的事……」水木重覆了一句，然後用簡直像是生氣的口吻說，「你怎樣養育出這麼一個漂亮的好姑娘啊？」

「這不是父母的本事，而是孩子天生的。」太吉郎直統統地答道。

「我想你已經知道了，你我都是幹類似行業的，龍助要求來幫忙，說實在的，是因爲他希望更多地接近千重子小姐，哪怕半個小時，一個小時也好。」

太吉郎點點頭。水木揩了揩額頭的汗，他那額頭很像龍助的額頭。

「那孩子雖然其貌不揚，但很能幹。我決無意強求。不過，有朝一日有幸得到千重子小姐的垂青，眞到那份上，恕我冒味，請你把他收養爲養老女婿。我願把他過繼……」水木說著，低下了頭。

「過繼？……」太吉郎簡直嚇了一大跳，「你要把大批發商的繼承人……」

「這是人生的不幸啊。我了解了龍助近來的情況才這麼想的。」

「感謝你的厚意。不過，這種事還得根據他們兩個年輕人感情的發展來定。」太吉郎避開水木的強烈要求，「千重子是個棄兒啊！」

「棄兒有什麼關係？」水木說，「我說這些，是想讓你心裡有個數。那麼，是不是可以讓龍助上貴店來幫忙呢？」

「可以嘛。」

「謝謝，謝謝。」水木感到輕鬆愉快了，連喝酒的樣子也不同了。

第二天早上，龍助急匆匆地來到太吉郎的店裡，馬上就把掌櫃和店員都召在一起，查起貨物來……諸如香雲綢、白綢、刺繡縐綢、京都縐綢、綾子、特等縐綢、捻線綢、結婚禮服、長袖和服、中袖和服、穿袖和服、錦子、緞子、高級印染綢子、出訪禮服、腰帶、黑絹、和服和零星物品等……

龍助只是看了看，什麼話也沒說。掌櫃由於有上回的事，對龍助有點拘謹，連頭也沒抬起來。

大家挽留龍助，可是龍助還是在晚飯前回家了。

入夜，苗子來了。她砰砰砰地敲了幾下格子門。這敲門聲只有千重子聽見。

「哎喲，苗子，從傍晚就冷了起來，你可來得太好了。」

「……」

「星星都出來了。」

「千重子小姐，我該怎樣向令尊令堂招呼才好呢？」

「我早就跟他們說明白了，只要說聲你是苗子就行。」千重子摟住苗子的肩膀，領她到後院去，她邊走邊問：「你吃過飯了嗎？」

「我在那邊吃過壽司才來的，不用操心了。」

苗子顯得很拘謹。千重子的雙親看見她，弄得目瞪口呆，想不到竟有這麼一個姑娘長得這樣像自己的女兒。

「千重子，你們倆上後面二樓去好好談談吧。」還是母親阿繁最能體貼人。

千重子拉著苗子的手走過狹窄的過道，上到後面二樓，打開了暖爐。

「苗子，你過來。」千重子把苗子叫到穿衣鏡前，直勾勾地望著鏡中兩個人的臉。

「多像啊！」一股暖流流遍了千重子的全身。她們又左右對調，再看了看，「簡直一模一樣呀！嗯。」

「本來就是雙胞胎嘛。」苗子說。

「要是所有的人都生雙胞胎，會是什麼樣子呢？」

「那就淨認錯人，不就麻煩了嗎。」苗子後退一步，眼睛濕潤了，「人的命運真難預料啊。」

千重子也後退到苗子身邊，使勁地搖晃著苗子的雙肩說：

「苗子，你就在我們家住下去不行嗎？我父母也這麼希望……我一個人太孤單了……雖然我不知道住在杉山會有多快活。」

苗子好像站不穩似地搖晃了一下，跪坐了下來。然後，搖搖頭。在搖頭的當兒，眼淚差點落在自己的膝蓋上。

「小姐，現在你我之間的生活方式不同，教養也不一樣，我也過不慣大城市生活，我只要上你店去一次，只要一次也就行了。也想讓你看看你送給我的和服……再說，小姐還曾兩次光臨杉山來看我。」

「……」

「小姐，你嬰兒時被我們的父母拋棄了，可我什麼都不曉得呀。」

「這種事，我早就忘記了。」千重子無拘無束地說，「現在我已經不認爲有這樣的父母了。」

「我想，不知道咱父母是不是會受到報應……那時我也是個嬰兒。請別見怪。」

「這事你有什麼責任和罪過呢？」

「雖然沒有，但我以前也說過，我不願意妨礙小姐的幸福，哪怕是一星半點兒。」苗子壓低嗓音，「我想索性隱姓埋名算了。」

「何苦呢，幹麼要那樣？……」千重子加強了語氣。「我總覺得很不公平……苗子，你覺得不幸福嗎？」

「不，我覺得孤單。」

「也許幸運是短暫的，而孤單卻是長久的。」千重子說，「咱們躺下好好再談談吧。」

千重子從壁櫥裡拿出臥具來。

苗子一邊幫忙一邊說：「這就是幸福吧！」

她側耳傾聽屋頂上的聲音。

千重子看見苗子側耳傾聽，便問道：

「是雷陣雨？雨雪？還是夾雜著雨雪的陣雨？」說著自己也停下手來。

「是嗎？可能是下小雪吧。」

「雪？……」

「多麼輕飄啊。不成雪的雪。眞好，是小小的雪。」

「嗯。」

「山村裡經常下這樣的小雪。我們在勞動，不知不覺間，杉樹的葉子披上了一層白色，就像是一朵朵白花。冬天枯萎的林木，常常連小小的枝椏都成了白色，好看極了。」苗子說。

「……」

「有時小雪很快停下，馬上變成雨雪，有時又變成雷陣雨……」

「打開擋雨板看看怎麼樣？一看就明白了。」千重子剛想站起來走過去，就被苗子一把抱住，「算了，又那麼冷，要幻滅的啊！」

「幻、幻，你總愛說個幻字。」

「幻？……」

苗子美麗的臉蛋綻開了微笑，流露出一縷淡淡的哀愁。

千重子要鋪床鋪，苗子急忙說：

「千重子小姐，請讓我來鋪一次小姐你的床鋪好嗎？」

但是，千重子一聲不言，默默地鑽進並排鋪著的被窩裡。

「啊！苗子，真暖和啊！」

「畢竟是工作不同，住的地方也……」

苗子把千重子緊緊抱住。

「這樣的夜晚，總是很冷的啊。」苗子似乎一點也不覺得冷，「細雪紛紛揚揚，停停下下……今天夜裡……」

「……」

這時，父親太吉郎和母親阿繁上樓到隔壁房間去了。由於上了年紀，他們用電毛毯去暖和床鋪。

苗子把嘴湊到千重子耳邊，悄悄地說：

「千重子小姐的床鋪已經暖和了，我到旁邊的鋪位去。」

母親把隔扇拉開一條小縫，窺視兩個姑娘的臥室，那是在這以後的事了。

翌日早晨，苗子一早就起床，把千重子搖醒，「小姐，這可能就是我一生的幸福了。趁著沒人瞧見，我該回去了。」

正像昨晚苗子所說的那樣，眞正的小雪在半夜裡下下停停，現在還在霏霏地下著。這是一個寒冷的早晨。

千重子坐了起來：「苗子，你沒帶雨具吧？請你等一等。」千重子說著，把自己最好的天鵝絨大衣、折疊傘和高齒木屐都給了苗子。

「這是我送給你的。希望你再來啊。」

苗子搖搖頭。千重子抓住紅格子門，目送苗子遠去。苗子始終沒有回頭。在千重子的前髮上飄落了少許細雪，很快就消融了。整個市街也還在沉睡著。

（一九六二）

唐月梅　譯